Y FELIN DDIFLAS

Cyfres o Ddigwyddiadau Anffodus
LLYFR Y PEDWERYDD

Y FELIN DDIFLAS

gan Lemony Snicket

Lluniau gan Brett Helquist

Addasiad gan Aled Islwyn

DREF WEN

Cyhoeddwyd yn 2014 gan Wasg y Dref Wen,
28 Ffordd yr Eglwys, Yr Eglwys Newydd,
Caerdydd CF14 2EA, ffôn 029 20617860.
Cyhoeddwyd gyntaf yn America yn 2000
gan HarperCollins Children's Books Cyf,
dan y teitl *The Miserable Mill*

Noddwyd gan Lywodraeth Cynulliad Cymru.

I Beatrice –
Cariad pur oedd fel y dur
Yn para tra bu dau,
Ond nawr does dim ond un …
[sef Fi].

PENNOD

Un

Ydych chi wedi sylwi fel y bydd brawddeg gyntaf llyfr yn aml yn dweud wrthych pa fath o stori sydd yn y llyfr hwnnw? Er enghraifft, os yw llyfr yn dechrau gyda brawddeg fel hon: "Un tro, roedd yna deulu o gwningod annwyl yn byw mewn gardd yn llawn letys", byddwch yn disgwyl darllen am anturiaethau anifeiliaid sy'n gallu siarad â'i gilydd, mwy na thebyg. Mewn llyfr yn dechrau gyda'r frawddeg, "Syllodd Delyth ar y pentwr o grempogau roedd ei mam wedi eu paratoi ar ei chyfer, ond roedd hi'n gofidio gormod am fynd i Wersyll Llangrannog i allu bwyta dim", byddwch yn disgwyl stori am griw o ferched drygionus yn giglan eu ffordd trwy wythnos o wyliau, siŵr o fod. A gyda brawddeg gyntaf megis, "Roedd

Gary wrth ei fodd gyda'i sgidiau pêl-droed newydd", mae'n debyg y byddwch yn disgwyl stori am fachgen swil ddaeth yn seren y tîm a sgorio'r gôl dyngedfennol.

Brawddeg gynta'r llyfr hwn yw, "Syllodd y plant amddifad Baudelaire drwy ffenestr fudr y trên ar lwydni diflas y Fforest Ddiddiwedd, gan holi eu hunain a fydden nhw byth yn hapus". Fe ddylai hynny ddweud wrthych mai stori wahanol iawn i un Gary, Delyth a'r teulu o gwningod gewch chi yma. Mae'r rheswm am hynny'n syml iawn – dyw bywydau Violet, Klaus a Sunny Baudelaire ddim fel bywydau plant eraill. Anhapusrwydd, diflastod ac anobaith sy'n wynebu'r tri hyn drwy'r amser. Does ganddyn nhw ddim amser i giglo na chwarae castiau na chwarae pêl-droed. Daeth hynny i gyd i ben i'r tri pan laddwyd eu rhieni mewn tân erchyll.

Dyw hi ddim yn deg, wrth gwrs, fod y tri'n cael plentyndod mor ddigysur, ond stori felly yw hon, mae arna i ofn. Felly, nawr eich bod chi'n gwybod mai'r frawddeg gyntaf yw, "Syllodd y plant amddifaid Baudelaire drwy ffenestr fudr y trên ar lwydni diflas y Fforest Ddiddiwedd, gan holi eu hunain a fydden nhw byth yn hapus", dyma'ch cyfle i roi'r llyfr heibio a chwilio am un hapusach, os yw'n well 'da chi wneud hynny.

Syllodd y plant amddifad Baudelaire drwy ffenestr fudr y trên ar lwydni diflas y Fforest Ddiddiwedd, gan holi eu hunain a fydden nhw byth yn hapus. Roedd llais diflas y cyhoeddwr ar y trên newydd ddweud y bydden nhw'n cyrraedd Tre-bitw toc. Dyna lle roedd eu gwarchodwr newydd yn byw. Ond fedren nhw ddim dychmygu pa fath o berson fyddai'n dewis byw mewn lle mor ddiflas.

Edrychodd Violet, y plentyn hynaf, oedd yn bedair ar ddeg oed, ar y coed yn gwibio heibio. Roedden nhw'n dal a doedd ganddyn nhw braidd ddim canghennau. I Violet, a oedd yn ddyfeisydd ac wrth ei bodd yn cynllunio pob math o beiriannau a thaclau technegol, edrychai'r hyn oedd yn tyfu o'r coed yn debycach i bibau metel. Wrth feddwl yn galed am unrhyw broblem, byddai wastad yn clymu ei gwallt â rhuban. Er nad oedd ei gwallt wedi'i glymu felly ar y trên, roedd ei meddwl eisoes wedi dechrau dyfeisio ffordd o ddringo coeden heb ganghennau arni.

Y mwswgl a dyfai ar lawr y fforest oedd yn mynd â bryd Klaus. Ef oedd yr ail blentyn, ac roedd e'n ddeuddeg oed. Darllen oedd ei ddiléit pennaf ac roedd e'n ceisio cofio beth roedd e wedi'i ddarllen am fwswgl y Fforest Ddiddiwedd. Roedd lliw brown od ar bopeth, meddyliodd. Tybed a oedd modd bwyta'r mwswgl hwn?

Dim ond babi oedd Sunny, y plentyn ifancaf. Roedd ganddi bedwar dant rhyfeddol o finiog yn ei cheg, a doedd dim yn well ganddi na chael cyfle i'w defnyddio. Doedd hi ddim yn meddwl am ddringo coed na bwyta mwswgl. Yn hytrach, rhythu ar lwydni'r awyr wnâi hi. Edrychai'r wybren fel hen siwmper grafog a gwlyb yn y nen, a byddai wedi bod yn well gan Sunny gael rhywbeth caled i gnoi arno i dynnu ei sylw oddi ar yr olygfa ddiflas.

"On'd yw hi'n fforest ogoneddus?" meddai Mr Poe, gan beswch i'w hances boced wen. Banciwr oedd Mr Poe. Y fe oedd yn gyfrifol am edrych ar ôl y Baudelairiaid ers marw eu rhieni yn y tân, a rhaid imi ddweud wrthych nad oedd e'n gwneud jobyn rhy dda ohoni. Ei ddau brif gyfrifoldeb oedd dod o hyd i gartref da i'r plant ac edrych ar ôl eu ffortiwn. Hyd yn hyn, roedd e wedi bod yn drychinebus ar y ddau gownt. Roedd trychineb wedi dilyn trychineb, twyll wedi dilyn twyll – ac roedd Iarll Olaf wedi dianc bob tro.

Dyn drwg iawn oedd am gael ei ddwylo ar ffortiwn y Baudelairiaid iddo'i hun oedd Iarll Olaf. Dro ar ôl tro, roedd e wedi dod yn agos iawn at lwyddo hefyd. Dim ond dyfeisgarwch y plant eu hunain oedd wedi llwyddo i'w atal. A'r cyfan gawson nhw gan Mr Poe oedd sŵn peswch.

Heddiw, roedd e'n tywys y plant i Dre-bitw, ac mae'n loes calon gennyf orfod dweud wrthych fod pob posibilrwydd y bydd Iarll Olaf yn ymddangos eto, gyda rhyw gynllwyn dieflig newydd, ac y bydd Mr Poe mor ddiwerth ag erioed. "On'd yw hi'n fforest ogoneddus?" meddai eto, ar ôl gorffen peswch. "Dw i'n meddwl y cewch chi, blant, gartref da yma. Dyna 'ngobaith i, ta beth, achos dw i newydd gael dyrchafiad yn y banc – y fi nawr yw Pennaeth yr Arian Mân, wyddoch chi? – a dw i'n mynd i fod yn brysurach nag erioed. Os aiff pethe o chwith y tro hwn eto, fe fydd yn rhaid imi eich anfon i ysgol breswyl, nes caf amser i ddod o hyd i gartref newydd i chi. Felly, gwell ichi fihafio'r tro hwn."

"Wrth gwrs, Mr Poe," meddai Violet, heb ychwanegu ei bod hi a'i brawd a'i chwaer wastad yn bihafio.

"Beth yw enw ein gwarchodwr newydd?" gofynnodd Klaus. "Sonioch chi ddim."

Tynnodd Mr Poe ddarn o bapur o'i boced ac ni allai wneud na phen na chynffon o'r ysgrifen. "Mr Wwwzzi... Nage, Mr Crwccchi ...," mentrodd. "Hen enw hir a chymhleth. Na hidiwch amdano!"

"Ga i weld?" gofynnodd Klaus. "Efalle y galla i ei ynganu."

"Na, na, ddim o gwbl," atebodd Mr Poe, gan roi'r papur o'r neilltu. "Os yw'n rhy gymhleth i oedolyn, pa obaith sydd 'na i blentyn?"

"Gand!" gwichiodd Sunny. Fel llawer o fabanod, doedd y sŵn a wnâi ddim yn swnio fel geiriau go iawn o gwbl. Rhaid mai rhywbeth tebyg i "Ond mae Klaus yn darllen llawer o lyfrau cymhleth" oedd hi am ei ddweud.

"Mae e'n siŵr o adael ichi wybod beth ddylech chi ei alw," aeth Mr Poe yn ei flaen, gan anwybyddu Sunny. "Fe ddowch chi o hyd iddo ym mhrif swyddfa Melin Goed yr Oglau Lwcus, sydd ond ergyd carreg o'r orsaf, fel rwy'n deall."

"Dych chi ddim yn dod gyda ni?" gofynnodd Violet.

"Dim ond unwaith y dydd mae'r trên yn stopio yn Nhre-bitw," meddai Mr Poe, gan beswch i'w hances drachefn. "Mi fydde'n rhaid imi aros dros nos petawn i'n dod oddi ar y trên, ac mi fydde hynny'n golygu colli diwrnod arall o waith yn y banc. Ar ôl eich gadael chi'n ddiogel ar y platfform, mi fydda i'n ei throi hi'n ôl am y ddinas yn syth."

Doedd Violet, Klaus a Sunny ddim yn hapus o gwbl o gael eu trin fel tri pharsel. Nid parseli i'w gadael ar blatfform oedden nhw, ond plant y dylai Mr Poe gymryd gwell gofal ohonynt.

"Beth os gwelwn ni Iarll Olaf?" holodd Klaus. "Mae e wedi dweud y daw e ar ein holau ni unwaith eto."

"Dw i wedi rhoi disgrifiad llawn o Iarll Olaf i Mr Beth-yw-ei-enw... Mr Be-chi'n galw... eich gwarchodwr newydd," atebodd Mr Poe. "Felly, petai Iarll Olaf yn dangos ei wyneb, fe fydd e'n siŵr o adael i'r awdurdodau wybod am hynny."

"Ond mae e wastad mewn cuddwisg ac yn esgus bod yn rhywun arall," mynnodd Violet. "Yr unig beth allwch chi fod yn siŵr ohono yw'r tatŵ 'na o lygad sydd ganddo ar ei bigwrn."

"Dw i wedi sôn am y tatŵ yn fy nisgrifiad ohono," meddai Mr Poe'n ddiamynedd.

"Ond beth am y ffrindie ofnadwy 'na sydd ganddo?" gofynnodd Klaus. "Fel arfer, mae o leia un ohonyn nhw'n ei helpu."

"Dw i wedi disgrifio pob un ohonyn nhw i Mr … i berchennog y felin," sicrhaodd Mr Poe ef, gan gyfrif pob un â bysedd ei law wrth siarad. "Y dyn â'r bachyn yn lle llaw. Y dyn moel gyda'r trwyn hir. Y ddwy fenyw gyda phowdwr gwyn ar hyd eu hwynebau i gyd. A'r lwmp di-siâp nad oes neb yn siŵr ai dyn neu fenyw yw e. Mae eich gwarchodwr yn gwybod am bob un ohonynt, ac os gwnaiff unrhyw broblem godi, cofiwch 'mod i eisoes wedi rhoi rhif ffôn y banc i chi."

"Caffwt!" meddai Sunny'n swta. Yr hyn roedd hi'n ei olygu, mwy na thebyg, oedd "Dyw hynny'n fawr o gysur!", ond ddeallodd neb yn iawn achos roedd y trên wedi cyrraedd yr orsaf.

"Dyma ni," meddai Mr Poe, a chyn pen dim dyna lle roedd y plant ar y platfform yn edrych ar y trên yn diflannu i dywyllwch y Fforest Ddiddiwedd. Tawelodd ei sŵn wrth i'r cerbyd olaf fynd yn llai ac yn llai yn y pellter.

"Wel!" ebychodd Violet o'r diwedd, pan oedd y trên wedi llwyr ddistewi a neb arall ar ôl yn yr orsaf ond ei brawd, ei chwaer a hithau. "Beth am fynd i chwilio am Felin Goed yr Oglau Lwcus, inni gael cwrdd â phwy bynnag sy'n edrych ar ein holau ni nawr."

"A phwy a ŵyr," ychwanegodd Klaus, "efallai y down ni i wybod ei enw hefyd."

Os ewch chi byth i deithio ymhell, rwy'n siŵr y cewch chi'r hyn sy'n cael ei alw'n 'lyfr tywys' yn help garw. Llyfr sy'n rhestru'r llefydd diddorol mewn bro arbennig yw 'llyfr tywys'. Fel arfer, mi fydd yn nodi'r pethau pleserus sydd i'w gwneud, ac yn tynnu sylw at bopeth hwyliog a chyffrous. Does dim un llyfr tywys yn bod sy'n sôn am Dre-bitw, ac wrth i'r Baudelairiaid gerdded i lawr unig stryd y dref roedden nhw'n deall pam. Roedd yna ambell siop ar hyd y ffordd, ond doedd dim ffenestri yn yr un ohonyn nhw. Crogai hen esgid ar bolyn o flaen swyddfa'r post. Gyferbyn â swyddfa'r post roedd wal bren uchel a redai yr holl ffordd at ddiwedd y stryd.

Tua hanner ffordd ar hyd y wal hon, roedd clwyd dal gyda'r geiriau 'Melin Goed yr Oglau Lwcus' wedi eu hysgrifennu arni mewn llythrennau gludiog a garw eu golwg.

Fel arfer, mewn tref fach wledig, gallwch ddisgwyl gweld coed gosgeiddig wedi eu plannu ar hyd y palmant, ond yr unig addurniadau ar hyd unig stryd Tre-bitw oedd pentyrrau o hen bapurau newydd.

Petai llyfr tywys yn bod oedd yn tynnu sylw at Dre-bitw, rwy'n siŵr mai dim ond un frawddeg fyddai ynddo: "Ewch o 'ma cyn gynted â phosibl."

Gwaetha'r modd, doedd dim modd i'r tri amddifad adael. Arweiniodd Violet y ddau arall at y glwyd bren, ac roedd hi ar fin ei churo pan deimlodd law Klaus yn taro'i hysgwydd yn ysgafn. "Edrych," meddai wrthi.

"Mi welish i," atebodd Violet, gan feddwl mai sôn am y llythrennau gludiog a garw a sillafai 'Melin Goed yr Oglau Lwcus' yr oedd ei brawd. Nawr eu bod nhw wedi croesi'r ffordd ac yn sefyll yn agos, gallai'r tri weld pam fod golwg mor siabi ar yr arwydd. Twmpathau o hen gwm cnoi oedd y llythrennau.

Rwy'n cofio gweld arwydd 'Rhybudd' unwaith oedd wedi'i wneud o fwncïod marw, ond yr arwydd 'Melin Goed yr Oglau Lwcus' mewn gwm cnoi oedd arwydd mwyaf ffiaidd y byd, yn ddi-os. Dyna pam ei bod hi'n naturiol i Violet feddwl mai at hwnnw roedd Klaus yn cyfeirio. Ond pan drodd hi ato, gallai weld ei fod e'n pwyntio at rywbeth arall pur arswydus.

"Edrych," meddai Klaus drachefn. Trodd golygon y ddau at waelod y stryd, lle roedd y wal yn gorffen. Tan hynny, bu Sunny'n astudio olion y dannedd oedd i'w gweld ar y gwm cnoi, ond ymhen dim o dro, trodd ei golygon hithau hefyd at ben pella'r stryd.

"Cyd-ddigwyddiad, siŵr o fod," cynigiodd Violet ar ôl i'r tri rythu mewn tawelwch.

"Debyg iawn," cytunodd Klaus yn nerfus. "Beth arall all e fod?"

"Farni!" barnodd Sunny. Ond dim ond twyllo ei hun ei bod hi'n credu hynny oedd hi, fel y ddau arall.

Yr hyn oedd wedi codi braw arnynt oedd adeilad arall. Doedd dim ffenestri yn hwn eto, ond roedd ganddo un drws crwn yn y canol. Ac yn rhyfeddach byth, roedd yn hirgrwn o ran siâp – yn union fel llygad. Deuai pigiadau hir brown allan o ben ucha'r adeilad, fel blew llygad. Roedd y rhan fwyaf ohono'n frown, gyda chylch gwyn o'i fewn a chylch arall, gwyrdd, yn y canol.

Edrychodd y tri phlentyn i gyfeiriad yr adeilad. Yna, fe edrychodd pob un ohonynt ar y ddau arall. Ac yna fe edrychon nhw'n ôl ar yr adeilad. Roedden nhw am gredu'r hyn ddywedodd Violet – mai cyd-ddigwyddiad oedd y cyfan. Ond ai hap a damwain, mewn gwirionedd, oedd iddyn nhw ddod i fyw yn yr unig dref yn y byd lle roedd 'na adeilad yn edrych yr un ffunud â thatŵ Iarll Olaf?

PENNOD

Dau

Pan fydd rhywun yn torri newyddion drwg ichi, dim ond unwaith, fel arfer, y byddan nhw'n dweud y geiriau dydych chi ddim am eu clywed. Ac fel arfer hefyd, fe fyddan nhw yno i geisio eich cysuro. Mae'n llawer gwaeth derbyn newyddion drwg yn ysgrifenedig. Byddwch yn siŵr o ddarllen y geiriau drosodd a throsodd wedyn ac fe fyddan nhw'n siŵr o roi loes o'r newydd ichi, dro ar ôl tro.

Er enghraifft, ro'n i mewn cariad angerddol â menyw, un tro. Am wahanol resymau, fedrai hi mo 'mhriodi i. Nawr, petai wedi dweud hynny wrthyf yn syml, fe fyddwn wedi bod yn drist iawn, wrth gwrs. Ond does dim dwywaith na fyddwn wedi dod dros y siom ymhen amser. Yr hyn wnaeth hi yn lle hynny oedd ysgrifennu llyfr dau can tudalen yn rhestru'r holl resymau pam na allai fod yn wraig imi. Pan gludwyd y llyfr ataf gyntaf, gan haid o golomennod, fe arhosais ar fy nhraed drwy'r nos yn darllen. Mi fydda i'n dal i'w ddarllen o bryd i'w gilydd. Mae fel petai Beatrice yn torri newyddion drwg imi bob dydd o'm hoes.

Curodd y Baudelairiaid ar y glwyd, ond doedd neb yn ateb. Yna fe sylwon nhw nad oedd y glwyd ar glo. Camodd y tri drwyddi, a chael eu hunain ar fuarth mawr brwnt. Ar y llawr llychlyd roedd amlen â'r gair "Baudelairiaid" wedi'i ysgrifennu arni. Cododd Klaus hi a chael y nodyn canlynol o'i mewn:

Nodyn

I sylw: Y plant amddifad Baudelaire

Oddi wrth: Melin Goed yr Oglau Lwus

Pwnc: Beth i'w wneud nawr

Yn amgaeedig mae map o Felin Goed yr Oglau Lwcus, sy'n dangos ble mae'r ystafell gysgu lle y byddwch chi'n aros yn ddi-dâl. Ewch i'r Felin gyda'r gweithwyr eraill yn y bore. Mae perchennog Melin Goed yr Oglau Lwcus yn disgwyl ichi fod yn ddiwyd a dygn yn eich gwaith.

"Diwyd a dygn," ailadroddodd Violet yn araf.

"Mewn geiriau eraill, mae e'n disgwyl inni weithio'n galed," meddai Klaus yn ddwys.

"Ond ddywedodd Mr Poe ddim byd am weithio yn y felin goed," protestiodd Violet. "Ro'n i'n tybio mai dod yma i fyw roedden ni."

Ochneidiodd Klaus wrth dynnu'r map yn rhydd o'r nodyn. Roedd wedi'i ddal yn ei le gyda rhagor o gwm cnoi. "O leia mae'r map yn hawdd ei ddarllen," meddai. "Mae'r ystafell gysgu yn syth o'n blaenau, rhwng y stordy a'r felin goed ei hun."

Edrychodd Violet i'r cyfeiriad lle y pwyntiai Klaus a gwelodd adeilad llwyd diffenestr. "Dw i ddim am fyw rhwng stordy a melin goed," meddai.

"Dyw e ddim yn swnio'n fawr o hwyl," cytunodd Klaus, "ond wyddost ti ddim, efallai fod pob math o beiriannau diddorol yn y felin. Mi fyddi di wrth dy fodd yn astudio'r rheini."

"Digon gwir," meddai Violet. "Ac efallai fod yno bentwr o bren caled. Wedyn, mi fydd Sunny wrth ei bodd yn cnoi."

"Gwych!" gwichiodd Sunny.

"A rhaid bod 'na bob math o lawlyfrau diddorol am y modd y mae coed yn cael eu troi i fod yn bren," meddai Klaus yn obeithiol.

"Digon o bethe 'n cadw ni i gyd yn hapus," meddai Violet. "Efallai y bydd byw fan hyn yn fendigedig. Wyddon ni ddim!"

Teimlai'r tri fymryn yn well ar ôl y sgwrs honno. Mae'n wir nad oes modd gwybod beth i'w ddisgwyl tan ichi roi cynnig arni. Fe all profiad dieithr fod yn bleser pur, yn ddiflastod llwyr neu rywle yn y canol. Wyddoch chi ddim tan ichi drio.

Yn yr ysbryd hwnnw y cerddodd y plant at yr adeilad digroeso. Wydden nhw ddim beth oedd o'u blaenau. Ond – ac mae'n loes calon gen i orfod dweud hyn wrthych chi – fe wn i. Rwy'n gwybod am fy mod i wedi bod ym Melin Goed yr Oglau Lwcus ac wedi cael clywed am yr holl bethau erchyll a ddigwyddodd i'r Baudelairiaid yn ystod eu harhosiad byr yno. Rwy'n gwybod am fy mod i wedi siarad â'r bobl a oedd yno ar y pryd. Rwy'n gwybod am imi gofnodi popeth – pob manylyn – am y diflastod a'r perygl y buon nhw ynddo tra oedden nhw yn Nhrebitw. Rwy'n gwybod am fy mod i wedi cadw'r cofnodion hynny'n ddiogel er mwyn gallu eu hadrodd nhw i gyd i chi, ddarllenwyr.

Gyda chalon drom y dywedaf y byddai'n dda gen i petawn i wedi bod yn y felin goed ar yr union adeg pan oedd y Baudelairiaid yno. Fe wn i beth sydd o'u blaenau wrth iddyn nhw gerdded ar draws y buarth, gyda'r llwch yn codi'n gymylau o gwmpas eu traed – ond wyddon nhw ddim.

Curodd Klaus ar ddrws yr adeilad oedd yn cael ei alw'n 'Ystafell Gysgu' ar y map. Bu oedi hir cyn i ddim byd ddigwydd. Yna, o'r diwedd, agorodd y drws yn wichlyd a dyna lle y safai dyn dryslyd yr olwg a'i ddillad wedi'u gorchuddio â blawd llif. Syllodd ar y plant heb yngan gair am amser maith.

"'Churodd neb ar y drws hwn ers pedair blynedd ar ddeg," meddai o'r diwedd.

Weithiau, pan fydd pobl yn dweud pethau sydd mor od ac annisgwyl, y ffordd orau o ymateb yw jest gofyn, "Sut ydych chi?" Fe allech ofyn, "Shwt 'ych chi?" hefyd, wrth gwrs. Mae'n golygu'r un peth. Mae'r un mor gywir. Mae'r un mor gwrtais. Mae'n dibynnu o ble mae'r person yn dod, dyna i gyd.

"Sut ydych chi?" gofynnodd Violet yn gwrtais. "Violet Baudelaire ydw i. A dyma fy mrawd, Klaus, a'm chwaer, Sunny."

Edrychodd y dyn dryslyd yn fwy dryslyd byth. Ceisiodd aildrefnu peth o'r blawd llif ar ei ddillad. "Ydych chi'n siŵr eich bod chi yn y lle iawn?" gofynnodd.

"'Dan ni'n weddol siŵr," atebodd Klaus. "Dyma ystafell gysgu Melin Goed yr Oglau Lwcus, ynt efe?"

"Ie," atebodd y dyn. "Ond chawn ni ddim derbyn

ymwelwyr."

"Nid ymwelwyr 'dan ni," meddai Violet wrtho. "Wedi dod yma i fyw 'dan ni."

Crafodd y dyn ei ben a safodd y Baudelairiaid yno'n gwylio'r blawd llif yn syrthio o'i wallt. "'Dach chi'n mynd i fyw *yma*, yn Melin Goed yr Oglau Lwcus?" holodd.

"Shiawn!" meddai Sunny, oedd mwy na thebyg yn golygu "Edrych ar y nodyn 'ma, gwd boi".

Estynnodd Klaus y nodyn i'r dyn, gan gymryd gofal i beidio â chyffwrdd â'r gwm. Yna, edrychodd y dyn i lawr ar y plant drwy'r haen o flawd llif oedd yn hongian dros ei lygaid. "A 'dach chi'n mynd i *weithio* yma hefyd? Lle peryglus iawn i blant yw melin goed. Mae 'na gymaint o waith trwm i'w wneud. Rhaid tynnu'r rhisgl oddi ar y coed. Yna, rhaid eu llifio nhw'n fyrddau tenau o bren, cyn clymu pentyrrau o'r byrddau ynghyd a'u rhoi nhw ar lorïau. Oedolion yw'r rhan fwyaf o'r bobl sy'n gweithio yn y diwydiant trin coed, wyddoch chi? Ond os yw'r perchennog yn dweud eich bod chi i weithio yma, yna yma i weithio ydach chi, mae'n rhaid. Gwell ichi ddod i mewn."

Agorodd y dyn y drws yn lletach a chamodd y plant i'r ystafell gysgu.

"Phil yw'n enw i, gyda llaw," cyflwynodd y dyn ei hun. "Fe fydd hi'n amser swper toc ac fe gewch chi ymuno â ni. Ond gadewch imi ddangos yr ystafell ichi." Dilynodd y plant ef i ganol yr ystafell dywyll, lle nad oedd dim byd ond rhesi o welyau bync ar lawr concrit. Yn eistedd neu'n gorwedd ar bob bync roedd yr amrywiaeth ryfedda o bobl, yn ddynion a menywod, gyda blawd llif drostynt a'r olwg fwyaf blinedig a welodd y plant ar neb erioed. Siaradai rhai ohonynt ymysg ei gilydd, ac roedd eraill yn chwarae cardiau. Rhythai eraill yn ddiamcan, a throdd un neu ddau i edrych ar y tri wrth iddyn nhw gael eu tywys at fync gwag yn y gornel bellaf. Hwn oedd yr unig fync gwag yn yr ystafell fawr, a dyma lle byddai'r Baudelairiaid yn cysgu o hyn ymlaen.

Roedd 'na oglau llaith yn yr ystafell – y math o oglau a gewch chi pan na fydd ffenestr wedi cael ei hagor mewn ystafell ers amser maith. Wrth gwrs, doedd hynny ddim yn syndod, oherwydd doedd yno'r un ffenestr, er i'r plant sylwi bod rhywun wedi defnyddio pen ffelt i dynnu llun ffenestri yma ac acw ar y muriau moel. Gwnâi hynny i'r lle ymddangos hyd yn oed yn fwy pathetig – gair sydd yma'n golygu "diflas, tywyll a diobaith".

Suddodd calonnau'r plant pan ddangosodd Phil eu cartref newydd iddynt. "Dyma lle mae pawb yn cysgu," meddai. "Fe allwch chi gadw'ch bag o dan y gwely isaf. Mae'r drws acw'n arwain at y tŷ bach, ac i lawr y coridor mae'r gegin. A dyna ni! Nawr, gadewch imi eich cyflwyno i bawb …"

Cododd Phil ei lais fymryn a chyhoeddodd i bawb mai Violet, Klaus a Sunny oedd gweithwyr newydd Melin Goed yr Oglau Lwcus.

"Ond dim ond *plant* ydyn nhw," meddai un o'r gwragedd.

"Mi wn i hynny," cytunodd Phil, "ond mae'r perchennog wedi dweud …"

"Beth yw enw'r perchennog, gyda llaw?" holodd Klaus.

"Wn i ddim," atebodd Phil gan grafu ei ên lychlyd. "'Dyw e ddim wedi bod ar gyfyl yr ystafell gysgu ers chwe blynedd a mwy. All rhywun gofio enw'r perchennog?"

"Os ydw i'n cofio'n iawn, Mr rhywbeth yw e," atebodd un o'r dynion.

"Fyddwch chi byth yn siarad ag e?" gofynnodd Violet.

"Fyddwn ni byth yn ei weld," atebodd Phil. "Mae e'n byw mewn tŷ gyferbyn â'r stordy, a dim ond ar achlysuron arbennig fydd e'n dod i'r felin goed ei hun. 'Dan ni'n gweld y fforman drwy'r amser, ond nid y perchennog."

"Ormon?" gofynnodd Sunny. Ystyr hynny oedd "Beth yw fforman?", siŵr o fod.

"Y person sy'n goruchwylio gweithwyr yw fforman," eglurodd Klaus. "Ydy e'n foi go lew, Phil?"

"Mae e'n *ddiawledig*!" meddai un o'r dynion eraill.

"Mae e'n *arswydus*!" eiliodd un o'r lleill.

"*Gwarth* o ddyn!"

"Fe yw'r *fforman gwaethaf yn y byd i gyd*!"

"Dyw e ddim yn ddyn arbennig o ffeind," meddai Phil i grynhoi. "Tan yr wythnos diwethaf, Fforman Ffestyn oedd yn ein goruchwylio ac roedd e'n foi go lew. Ond, yn sydyn, doedd dim golwg ohono. Yn rhyfedd iawn, fe ddiflannodd. Fforman Fflachotuno sydd wedi cymryd ei le, a rhaid dweud ei fod e'n bur gas. Cadwch ar yr ochr iawn iddo, da chi."

"Does 'na ddim ochr iawn i'r dyn," meddai un o'r menywod.

"Nawr, nawr," mynnodd Phil. "Mae 'na ochr dda ac ochr ddrwg i bawb a phopeth."

Ar hynny, arweiniodd Phil nhw i'r gegin gyda gweddill y gweithwyr. O'r hyn roedd e newydd ddweud wrthyn nhw am yr 'ochr dda ac ochr ddrwg' i bopeth, gallai'r plant gasglu mai tipyn o'r hyn sy'n cael ei alw'n 'optimist' oedd Phil – ac i'r Baudelairiaid roedd hynny mor anodd i'w lyncu â'r lympiau caled o gig eidion oedd yn y caserol a gawson nhw i swper.

Person sy'n gweld ochr obeithiol a ddymunol i bopeth, bron, yw 'optimist'. Er enghraifft, petai crocodeil yn bwyta braich chwith optimist, mae'n eitha posibl y byddai'n ymateb trwy feddwl, "Wel, o leia fydd neb byth eto yn gofyn i mi ai person llaw chwith neu law dde ydw i", tra byddai'r rhan fwyaf ohonom yn sgrechian yn arswydus ac yn meddwl, "Sut galla i ddal fforc nawr?"

Wrth i'r tri phlentyn gnoi a chnoi ar eu bwyd, roedden nhw'n gwneud eu gorau glas i fod yn optimistaidd fel Phil, gan weld rhywbeth dymunol a gobeithiol am eu hamgylchiadau newydd. Ond doedd dim yn tycio. Y cyfan a welen nhw oedd y ddau wely bync llaith, y gwaith trwm oedd o'u blaenau, a'r ofn o gael Fforman Fflachotuno'n arthio arnynt rownd y rîl. Roedd ganddyn nhw ddigon i feddwl amdano, ond fawr ddim i deimlo'n optimistaidd yn ei gylch.

Daeth hiraeth mawr dros y tri am eu rhieni – y rhieni da, cariadus na fydden nhw byth yn eu gweld eto. Ac yna, fe gofion nhw hefyd am yr adeilad ar ffurf llygad nad oedd yn bell i ffwrdd, yr ochr arall i'r wal.

Roedd ganddyn nhw gymaint i feddwl amdano wrth fwyta'u swper, wrth newid i'w pyjamas ac wrth geisio cysgu. Violet aeth i'r bync uchaf, gyda Klaus a Sunny'n rhannu'r un isaf. Chafodd fawr ddim ei ddweud. Ond roedd meddyliau'r tri'n troi fel melin wynt. Roedd ganddyn nhw gymaint o bethau i'w cofio. A chymaint o bethau i bryderu amdanynt.

Fedren nhw ddim bod yn siŵr o ddim, ond roedd pob un o'r tri am feddwl y gorau a bod yn optimist. Y drafferth oedd fod cymaint o bethau drwg wedi digwydd iddyn nhw'n barod fel ei bod yn anodd iawn credu nad dim ond mwy o ddiflastod oedd o'u blaenau.

PENNOD
Tri

Amser pwysig iawn o'r dydd yw'r bore. Bydd y math o fore a gewch chi fel arfer yn pennu'r math o ddydd gewch chi. Er enghraifft, os digwydd ichi ddeffro i sŵn adar mân yn trydar yn swynol, a chithau mewn gwely ysblennydd gyda llenni sidan cain yn hongian o'i gwmpas, a bwtler yn sefyll yn eich ymyl gyda llond plât o grempogau ffres a sudd newydd gael ei wasgu o orennau a dynnwyd oddi ar y goeden bum munud ynghynt, gallwch fentro bod diwrnod bendigedig o'ch blaen.

Hyd yn oed os yw'ch diwrnod yn dechrau gyda sŵn clychau eglwys yn canu, a chithau mewn gwely gweddol gyffredin, a bwtler yn ymyl yn barod i weini brecwast o dost a menyn ac wyau melyn braf, gallwch fod yn weddol ffyddiog o gael diwrnod dymunol.

Ond os ydych chi'n deffro i sŵn aflafar dwy sosban anferth yn cael eu taro yn erbyn ei gilydd, a chithau mewn gwely bync anghysurus gyda fforman cas yn gweiddi arnoch o'r gornel, byddwch yn gwybod yn syth mai hen ddiwrnod ych a fi fydd hwn, heb os.

Fyddwch chi a fi ddim yn synnu clywed mai dechreuad felly a gafodd y Baudelairiaid ar eu bore cyntaf ym Melin Goed yr Oglau Lwcus. A bod yn deg, ar ôl croeso digysur y noson cynt, doedden nhw ddim wedi disgwyl clywed trydar adar na gweld bwtler. Ond ar y llaw arall, doedden nhw ddim wedi breuddwydio am gael eu dihuno gan sŵn dwy sosban fawr yn cael eu taro yn erbyn ei gilydd chwaith. Chlywson nhw erioed y fath glindarddach – gair sydd yma'n golygu "sŵn mor aflafar ac amhersain, fe fyddech wedi credu fod y bydysawd ei hun ar fin chwalu'n ddarnau mân petaech chi wedi'i glywed".

"Codwch, y tacle diog, drewllyd!" gwaeddodd y fforman mewn llais anghynnes. Swniai fel petai'n dal ei law dros ei geg. "Mae'n bryd i chi ddechrau gweithio Mae 'na lwyth o foncythion newydd gyrraedd."

Rhwbiodd y plant olion cwsg o'u llygaid, a gwnâi'r tri eu gorau glas i rwbio'r sŵn o'u clustiau. O'u cwmpas, gallent weld bod pawb arall yn gwneud yr un peth hefyd. Pawb ar wahân i Phil. Roedd e eisoes ar ei draed ac yn twtio'i wely. "Bore da, blant," cyfarchodd nhw'n flinedig. "A bore da, Fforman Fflachotuno. Dyma'r gweithwyr newydd – Violet, Klaus a Sunny Baudelaire."

"Glywish i fod gynnon ni rai newydd yn dechrau," meddai'r fforman, gan ollwng y ddwy sosban fawr o'i afael yn ddiseremoni. "Ond soniodd neb mai corachod oedden nhw."

"Nid corachod ydan ni," eglurodd Violet yn bwyllog, "ond plant."

"Plant. Corachod. Waeth gen i ddim!" Cerddodd y dyn draw at y ddau wely bync wrth siarad. "Allan â chi o'r gwelyau 'na ar frys. Mae 'na waith i'w wneud."

Llamodd y tri o'u gwelyau'n reit sydyn. Doedden nhw ddim am groesi dyn yr oedd yn well ganddo daro sosbenni yn erbyn ei gilydd na dweud, "Bore da" wrth bobl. O'i weld yn iawn, yr hyn roedden nhw am ei wneud oedd neidio'n ôl i'w gwelyau a chuddio'u pennau o dan y gobenyddion. Ond deallai'r plant yn iawn nad oedd fiw iddyn nhw wneud hynny.

Rwy'n siŵr ichi glywed pobl yn dweud nad yw golwg pobl yn bwysig, ac mai'r hyn ydyn nhw ar y tu mewn sy'n cyfri. Lol botes maip, wrth gwrs. Petai hyn yn wir, fyddai dim angen i bobl sy'n dda ar y tu mewn byth gribo'u gwalltiau na chael bath. A dyna le fyddai 'na wedyn. Golwg wyllt, annymunol ar bawb ac arogleuon drwg ym mhobman.

Ar waetha'r hyn sy'n cael ei ddweud, mae golwg pobl yn cyfri. Gallwch ddysgu llawer am bobl trwy edrych ar sut maen nhw'n cyflwyno'u hunain. Ac mewn chwinciad, fe ddysgodd y Baudelairiaid beth wmbredd am Fforman Fflachotuno trwy edrych arno'n cerdded tuag atynt. Dyna pam roedden nhw am neidio'n ôl i'w gwelyau a chuddio am weddill y dydd.

Roedd staeniau budron ar hyd ei oferôl, a gwisgai'r math o sgidiau sy'n cau â stribedi felcro, yn hytrach na chareiau go iawn. Ond y nodwedd fwyaf annymunol am ei olwg oedd ei ben. Pen moel oedd gan Fforman Fflachotuno. Doedd ganddo mo'r help am hynny, wrth gwrs, ond yn hytrach na chydnabod ei fod yn foel, fel dyn call, roedd wedi prynu wig wen, wirion iawn yr olwg. Edrychai fel petai llond gwlad o bryfed genwair anystywallt yn byw ar ei gorun. Ystyr "anystywallt" fan hyn yw "gwyllt, afreolus a gwallgo". Roedd rhai yn pwyntio tua'r nefoedd, eraill yn gorwedd yn llipa dros ei glustiau, ac eraill eto fyth yn disgyn dros ei dalcen fel clustdlysau meddw.

Wrth iddo gerdded, roedd y rhain i gyd yn ysgwyd yn ôl a blaen uwchben ei lygaid cas. Ond ar wahân i'r llygaid, roedd yn amhosibl gweld ei wyneb, am fod mwgwd fel hances boced yn ei guddio – y math o fwgwd y bydd llawfeddyg yn ei wisgo mewn ysbyty. Mae rheswm da dros wisgo mwgwd o'r fath mewn ysbyty; mae'n atal afiechydon rhag lledu. Ond mae gwisgo gorchudd o'r fath yn hurt bost mewn melin goed. Yr unig reswm fedrai'r plant feddwl amdano ynglŷn â pham fyddai fforman yn gwisgo peth o'r fath oedd i godi ofn ar bawb. Ac yn wir, roedd yn rhaid iddyn nhw gyfaddef bod ei gynllun wedi gweithio.

Roedd ofn mawr ar y tri.

"Y dasg gyntaf i chi'ch tri fydd codi'r sosbenni acw," meddai Fforman Fflachotuno. "A pheidiwch â gwneud imi eu gollwng eto. Dallt?"

"Ond nid ni achosodd ichi eu gollwng yn y lle cyntaf…" dechreuodd Klaus egluro.

"Os na chodwch chi'r sosbenni 'na *y munud 'ma*," torrodd Fforman Fflachotuno ar ei draws, "chewch chi ddim gwm cnoi i ginio."

Doedd y Baudelairiaid erioed wedi bod yn hoff iawn o gwm cnoi, yn enwedig gwm blas mintys, achos roedd gan y tri alergedd iddo. Ond y teimlad cyffredinol oedd y byddai'n well iddyn nhw fynd i godi'r sosbenni ar frys. Codwyd y naill gan Violet a'r llall gan Sunny, tra twtiodd Klaus y ddau wely.

"Rhowch nhw i mi," meddai Fforman Fflachotuno'n ddiamynedd. Tynnodd y sosbenni o afael y ddwy ferch. "Dewch, weithwyr. Dyna ddigon o wastraffu amser. I'r felin â ni! Mae'r boncyffion yn aros amdanom!"

"Gas gen i ddyddiau boncyffion," cwynodd un o'r gweithwyr, ond fe wnaeth pawb ddilyn Fforman

Fflachotuno. Ar draws y buarth budr ac i gyfeiriad prif adeilad y felin â nhw. Adeilad diflas, tywyll oedd hwn eto. Codai sawl simdde dal o'i do fel dannedd ar grib. Suddodd calonnau'r plant yn is ac yn is. Roedd gwaith yn rhywbeth dieithr iddynt. Mae'n wir eu bod wedi rhoi bwrdd allan ar y lawnt o flaen eu tŷ un haf, ar ddiwrnod arbennig o boeth, a gwerthu lemonêd cartref. Ond go brin fod hynny'n cyfri fel gwaith go iawn.

Fe ddilynon nhw Fforman Fflachotuno i mewn i'r felin, a gweld mai un ystafell enfawr oedd hi. Roedd yn llawn peiriannau, a llamodd llygaid Violet o'r naill beth i'r llall yn llawn chwilfrydedd. Roedd gan un peiriant ddwy grafanc fawr yn dod ohono a disgleiriai'n ddur i gyd. Tynnwyd sylw Klaus gan gawell mawr gyda phelen o linyn wedi'i chaethiwo o'i fewn. Doedd ganddo ddim syniad sut roedd y peiriant yn gweithio, a gresynai nad oedd wedi talu mwy o sylw i'r hyn a ddarllenodd am felinau coed yn y gorffennol. Yn y cyfamser, yr hyn sylwodd Sunny arno gyntaf oedd llif gron anferth. Edrychai'r dannedd ar y llif yn fileinig iawn, a cheisiodd ddyfalu tybed a oedden nhw'n fwy miniog na'i dannedd hi.

Yna, sylwodd y tri ar beiriant arall – roedd sawl corn simdde bychan yn codi ohono, ac yn hofran uwch ei ben roedd carreg wastad lydan. Tybed beth oedd pwrpas y peiriant hwnnw?

Chawson nhw fawr o amser i bendroni. Cyn pen dim, trawodd Fforman Fflachotuno ei sosbenni yn erbyn ei gilydd drachefn a galw pawb i drefn. "Boncyffion!" bloeddiodd. "Mae'n bryd dechrau ar y gwaith!"

Rhedodd Phil at beiriant y crafangau a gwasgu botwm oren. Gan wneud sŵn fel chwibanu garw, gwahanodd y ddwy grafanc ac ymestyn allan o gorff y peiriant i gyfeiriad wal bella'r felin. Yn eu syndod o weld cymaint o beiriannau anarferol, doedd y plant ddim wedi sylwi ar bentwr anferth o goed yn y pen pellaf. Roedd fel petai cawr wedi bod yn torri cynnwys coedwig fechan a'i gollwng yn un swp. Estynnodd y crafangau at dop y pentwr a chydio yn y boncyff uchaf un, gan ei godi a'i ollwng yn araf i'r llawr.

"Y dadrisglwyr! Y dadrisglwyr!" gwaeddodd

Fforman Fflachotuno wedyn. Rhuthrodd un o'r gwragedd i ben arall y felin, lle roedd llwyth o focsys bach gwyrdd a phentwr o ddarnau hirgul o fetel gwastad. Cododd y weithwraig y pentwr hwn a dosbarthu'r darnau ymhlith ei chyd-weithwyr.

"Cymerwch ddadrisglwr," sibrydodd wrth y plant ac fe gymeron nhw un bob un.

Cafodd y sosbenni eu taro yn erbyn ei gilydd unwaith eto, a heidiodd y gweithwyr o gwmpas y boncyff hir i grafu'r rhisgl oddi ar y pren. "Chithau hefyd, gorachod!" gwaeddodd Fforman Fflachotuno.

Doedd y Baudelairiaid ddim wedi bwyta briwsionyn y bore hwnnw, ac roedd cymaint wedi digwydd yn ystod y chwarter awr diwethaf i'w drysu'n llwyr. Ond rhaid oedd gwthio eu ffordd drwy'r haid o oedolion i gyrraedd y goeden a dechrau dadrisglo fel y lleill.

Roedd Phil wedi disgrifio iddynt neithiwr pa mor anodd oedd hi i weithio mewn melin goed, ond byddwch yn cofio, rwy'n siŵr, bod Phil yn optimist. Roedd gwneud y gwaith go iawn cymaint, cymaint yn fwy anodd na'r hyn ddisgrifiodd e. Yn un peth, roedd y dadrisglwyr yn rhai mawr, ac wedi eu gwneud ar gyfer dwylo oedolion. Prin y gallai Sunny gydio yn ei theclyn hi, a defnyddiodd ei dannedd i dynnu'r rhisgl ymaith yn lle hynny. Doedd dim dannedd anghyffredin o finiog gan Violet a Klaus, felly roedd yn rhaid iddyn nhw ddefnyddio'r teclynnau hirgul, metel orau a allent.

Er iddyn nhw ddal ati'n ddygn, ychydig iawn o'r rhisgl oedd yn syrthio ymaith. Doedd y ffaith fod eu boliau bach yn galw am fwyd ddim yn helpu'r achos. A'r munud roedd un boncyff wed'i grafu'n lân, byddai'r crafangau'n nôl coeden arall o'r pentwr a byddai'r holl broses yn dechrau eto. Roedd y gwaith yn lladdfa. Roedd hefyd yn affwysol o ddiflas. Ac ar ben y cyfan, roedd Melin Goed yr Oglau Lwcus yn arswydus o swnllyd. Chwibanai peiriant y crafangau dur, crafai'r dadrisglwyr yn annifyr yn erbyn y coed, ac roedd clindarddach di-baid y sosbenni'n taro yn erbyn ei gilydd yn gyfeiliant parhaus i'r cyfan.

Yna, pan oedd y trydydd boncyff ar ddeg wedi'i lwyr ddadrisglo, trawodd Fforman Fflachotuno ei sosbenni yn erbyn ei gilydd unwaith yn rhagor, cyn gweiddi, "Amser cinio!"

Tawodd y chwibanu a ddeuai o'r crafangau, rhoddodd y gweithwyr y gorau i'w gwaith ac eisteddodd pawb ar y llawr wedi llwyr ymlâdd. Aeth y fforman draw at y bocsys bach gwyrdd gan ddechrau eu hagor a thaflu sgwariau bach pinc, afiach yr olwg, draw at y gweithwyr. "Mae gynnoch chi bum munud i fwyta'ch cinio," meddai, gan daflu tri darn sgwâr gyda'i gilydd at y plant. "Pum munud yn unig, cofiwch!"

Gallai'r Baudelairiaid weld fod y mwgwd dros ei geg yn llaith gan boer o ganlyniad i'w holl weiddi drwy'r bore. Ac yna edrychodd Violet ar y lwmpyn pinc yn ei llaw. Am eiliad, prin y gallai hi gredu ei llygaid. "Gwm cnoi yw hwn," meddai. "Gwm cnoi!"

"Dyw gwm cnoi ddim yn *bryd o fwyd*!" meddai Klaus, gan symud ei olwg oddi ar y darn sgwâr pinc ar gledr llaw ei chwaer i'r un ar ei law ei hun.

"Tags!" Gwichiodd Sunny ei gwrthwynebiad. Yr hyn roedd hi'n ei olygu oedd, "Ddylai babanod ddim cael gwm cnoi, ta beth. Fe allen i dagu ar hwn."

"Gwell ichi ei gnoi," awgrymodd Phil wrth symud

draw i eistedd wrth eu hymyl. "Dyw e ddim yn faethlon iawn, ond chewch chi ddim byd arall i'w fwyta tan swper."

"Yfory, efalle y gallwn ni godi ychydig yn gynt a gwneud brechdanau," awgrymodd Violet.

"Gyda beth?" oedd ateb Phil. "Does gyda ni ddim byd i wneud brechdanau."

"Wel, efalle y gallen ni fynd i'r dre a phrynu rhai pethau," awgrymodd Klaus.

"Petaen ni'n gallu, mi fydde hynny'n wych," meddai Phil. "Ond 'sgynnon ni ddim arian."

"Beth am gyflogau pawb?" gofynnodd Violet. "Siawns na all pawb fforddio gwario ychydig ar bethau i wneud brechdanau?"

Gwenodd Phil yn drist ar y plant a rhoi ei law yn ei boced. "Ym Melin Goed yr Oglau Lwcus," meddai, "chewch chi mo'ch talu mewn arian. Maen nhw'n rhoi tocynnau inni y gallwn eu gwario mewn rhai siopau arbennig. Ddoe, er enghraifft, fe enillais i docyn sy'n rhoi gostyngiad o ugain y cant i mi ar siampŵ ym Mhalas Trin Gwallt Sam. Echdoe, fe ges i docyn sy'n caniatáu imi gael paned o de oer os pryna i ddarn o gacen yng Nghaffi Cilla. Y drafferth yw, does gen i ddim arian i allu prynu darn o gacen yng Nghaffi Cilla."

"Gwgarth!" gwichiodd Sunny, ond dechreuodd Fforman Fflachotuno daro'i sosbenni at ei gilydd cyn i neb gael cyfle i ddweud gair pellach.

"Amser cinio drosodd!" gwaeddodd. "'Nôl at waith, bawb! Pawb ond chi, y Baudelairiaid! Mae'r bòs am eich gweld yn ei swyddfa, yn syth bìn. Y tri ohonoch."

Rhoddodd yr amddifaid y dadrisglwyr i lawr gan edrych ar ei gilydd. Fe fuon nhw'n gweithio mor galed nes anghofio nad oedden nhw eto wedi cwrdd â'u gwarchodwr newydd. Pa fath o ddyn fyddai'n gadael i blant weithio mewn melin goed? Pa fath o ddyn fyddai'n cyflogi anghenfil fel Fforman Fflachotuno? Pa fath o ddyn fyddai'n bwydo gwm cnoi i'w weithwyr a'i alw'n ginio, ac yn eu talu mewn tocynnau yn hytrach nag arian go iawn?

Trawodd Fforman Fflachotuno ei sosbenni at ei gilydd drachefn, gan amneidio â'i ben y dylai'r plant fynd allan i'r buarth. Ufuddhaodd y tri yn syth, a dyna braf oedd cael gadael y sŵn. Roedd y buarth yn dal yn llwyd a llychlyd, ond roedd hi'n dawelach yno a thynnodd Klaus y map o'i boced i weld ble roedd y swyddfa. Gyda phob cam a gymerai'r tri, codai cwmwl o lwch o gwmpas eu traed. Gallent deimlo'u cyrff yn gwingo ar ôl holl waith caled y bore. Gallent glywed eu calonnau'n suddo. Roedd rhyw ofn newydd yn corddi yn eu boliau. Wrth gofio sut y dechreuodd eu diwrnod, roedden nhw'n synhwyro nad oedd dim o'u blaenau ond rhagor o ddiflastod. A doedden nhw ddim yn bell o'u lle.

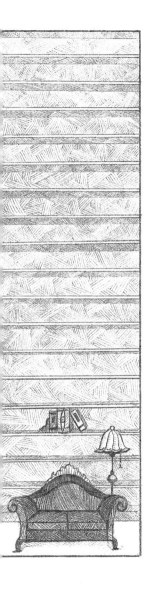

PENNOD
Pedwar

Os oes drych yn agos, ydych chi
wedi sylwi fel y bydd pawb
ohonom, bron, yn siŵr o edrych
ynddo wrth basio? Mae pawb yn
gwybod sut maen nhw'n edrych
yn barod, ond rhaid cymryd cip,
serch hynny. I wneud yn siŵr ein
bod ni'n drwsiadus. Neu i weld
sut mae'r diwrnod yn ein trin.
Wrth iddyn nhw aros wrth ddrws
swyddfa'u gwarchodwr newydd,
fedrai'r Baudelairiaid ddim
ymwrthod â'r demtasiwn
chwaith.

Roedd drych yn hongian ar
fur y cyntedd, a phan gymerodd
y plant olwg arnynt eu hunain
ynddo gallent weld nad oedd y

diwrnod yn eu trin yn dda o gwbl. Edrychent yn flinedig a llwglyd. Roedd darnau o risgl yn hongian yn flêr o wallt Violet. Ar drwyn Klaus, simsanai ei sbectol yn sgiw-iff i gyd – term sydd yma'n golygu "hongian yn ddi-siâp am iddo dreulio'r bore'n plygu dros foncyffion tew". Yn sownd yn nannedd Sunny, roedd rhagor o olion y rhisgl.

Wrth edrych yn y drych, gallent weld llun a oedd yn hongian y tu cefn iddynt, ar y wal gyferbyn, a gwnaeth hwnnw iddynt deimlo hyd yn oed yn waeth. Llun o draeth oedd e, ac roedd hynny'n ychwanegu at eu digalondid am mai ar draeth oedden nhw pan dorrwyd y newyddion trist iddynt am farwolaeth eu rhieni. Daeth cymaint o atgofion yn ôl iddynt am yr holl bethau drwg a ddaeth i'w rhan ers y diwrnod hwnnw, roedd bron yn annioddefol.

"Petai rhywun wedi dweud wrtha i, y diwrnod hwnnw ar y traeth," meddai Violet, "y byddwn i cyn bo hir yn cael fy hun yn byw ym Melin Goed yr Oglau Lwcus, mi fyddwn i wedi dweud eu bod nhw o'u co."

"Petai rhywun wedi dweud wrtha i, y diwrnod

hwnnw ar y traeth," meddai Klaus, "y byddwn i'n cael fy erlid gan ddyn barus, dieflig o'r enw Iarll Olaf, mi fyddwn i wedi dweud eu bod nhw'n wallgo."

"Wâth!" meddai Sunny, oedd yn golygu rhywbeth fel "Petai rhywun wedi dweud wrtha i, y diwrnod hwnnw ar y traeth, y byddwn i cyn bo hir yn defnyddio 'nannedd i grafu'r rhisgl oddi ar goed, mi fyddwn i wedi dweud eu bod nhw'n diodde o anhwylder seiconiwrolegol."

Syllodd y Baudelairiaid ar eu hadlewyrchiadau, ac fe edrychodd eu hadlewyrchiadau'n ôl arnynt hwythau'n syn. Rhaid eu bod nhw wedi bod yn pendroni felly am rai eiliadau, achos pan dorrodd llais ar draws y tawelwch, fe neidiodd y tri mewn sioc.

"Rhaid mai chi yw Violet, Klaus a Sunny Baudelaire," meddai'r llais, a throdd y plant i weld dyn tal iawn gyda gwallt byr. Gwisgai wasgod las llachar, a daliai eirinen wlanog yn ei law. Gwenai wrth gerdded tuag atynt. Yna, dechreuodd wgu wrth ddod yn nes. "Bobol bach! Mae 'na ôl rhisgl arnoch chi ym mhobman," meddai. "Gobeithio na fuoch chi'n loetran o gwmpas y felin goed. Fe all fod yn lle peryglus iawn i blant bach."

Rhythai Violet ar y ffrwyth a ddaliai yn ei law, gan feddwl tybed a feiddiai hi ofyn am ddarn. "'Dan ni wedi bod yn gweithio yno drwy'r bore," meddai.

Gwgodd y dyn yn fwy byth. "*Gweithio* yno?"

Roedd Klaus hefyd yn llygadu'r eirinen wlanog a chafodd hi'n anodd atal ei hun rhag ei chipio o law'r dyn. "Ie," atebodd. "Fe gawson ni'ch gorchmynion ac rydyn ni wedi bwrw iddi'n syth."

Crafodd y dyn ei ben. "*Gorchmynion?*" gofynnodd. "Am be yn y byd 'dach chi'n sôn?"

Roedd Sunny'n edrych ar yr eirinen wlanog hefyd, a chael a chael oedd iddi hi beidio â neidio i fyny i'w chnoi. "Molwb!" gwichiodd, a rhaid bod hynny wedi golygu "'Dan ni'n sôn am y nodyn oedd yn dweud bod yn rhaid inni weithio yn y felin goed."

"Wel, wn i ddim sut y cafodd tri mor ifanc â chi eich rhoi i weithio yn y felin goed, ond derbyniwch fy ymddiheuriadau, yn wir. Wnaiff e ddim digwydd eto. Dim ond *plant* ydych chi, wedi'r cyfan! Fe gewch chi'ch trin fel aelodau o'r teulu!"

Edrychodd y plant ar ei gilydd. Oedd hi'n bosibl

mai dim ond camgymeriad ofnadwy oedd eu profiadau yn Nhre-bitw hyd yn hyn? "Ydy hynny'n golygu nad oes raid inni ddadrisglo rhagor o goed?" gofynnodd Violet.

"Wrth gwrs," meddai'r dyn. "Alla i ddim credu eich bod wedi gwneud hynny'n barod. Arswyd y byd! Mae'r felin yn llawn peiriannau peryglus iawn. Rwy'n mynd i siarad yn syth â'ch gwarchodwr newydd am y sefyllfa."

"Nid *chi* yw'n gwarchodwr newydd ni 'te?" gofynnodd Klaus.

"O, nage, wir," meddai'r dyn. "Maddeuwch i mi am beidio â chyflwyno fy hun. Charles yw fy enw i ac mae'n hyfryd cael y tri ohonoch yma ym Melin Goed yr Oglau Lwcus."

"Mae'n hyfryd bod yma," meddai Violet, gan ddweud celwydd er mwyn bod yn gwrtais.

"Anodd credu hynny," meddai Charles, "a chithe wedi gorfod gweithio yn y felin drwy'r bore. Ond fe anghofiwn ni am hynny nawr. Hoffech chi eirinen wlanog?"

"Maen nhw wedi cael eu cinio!" meddai llais cras

o rywle, a phan drodd y plant rownd i weld pwy oedd yno, dyna lle y safai dyn bach byr – byrrach na Klaus – mewn siwt o frethyn gwyrdd tywyll sgleiniog a wnâi iddo edrych yn debycach i ymlusgiad nag i ddyn. Y rhyfeddod mwyaf amdano, fodd bynnag, oedd ei wyneb – neu, yn hytrach, y cymylau o fwg a guddiai ei wyneb. Ysmygai sigâr, ac roedd y mwg yn cuddio'i ben yn llwyr. Roedd hyn yn gwneud y tri'n chwilfrydig iawn i wybod tybed sut wyneb oedd gan y dyn. Mae'n siŵr eich bod chithau'n ceisio dyfalu hefyd. Ond dyfalu y byddwch chi hyd byth, mae arna i ofn, achos waeth imi ddweud wrthych chi nawr ddim, welodd y Baudelairiaid erioed mo'i wyneb. Welais i erioed mo'i wyneb. A chewch chithau byth ei weld chwaith.

"O, helô, syr," meddai Charles. "Newydd gwrdd â'r Baudelairiaid ydw i. Oeddech chi'n gwybod eu bod nhw wedi cyrraedd?"

"Wrth gwrs 'mod i'n gwybod eu bod nhw wedi cyrraedd," atebodd y dyn â'r wyneb myglyd. "Dw i ddim yn dwp."

"Na, wrth gwrs ddim," meddai Charles. "Ond

oeddech chi'n ymwybodol eu bod nhw wedi gweithio drwy'r bore? A hithau'n ddiwrnod pan oedd coed newydd wedi cyrraedd a phopeth! Newydd egluro iddyn nhw mai camgymeriad oedd y cyfan ydw i."

"Doedd e ddim yn gamgymeriad o gwbl," atebodd y dyn. "Fydda i byth yn gwneud camgymeriadau, Charles. Paid â meddwl mai ffŵl ydw i." Yna trodd, fel bod y cwmwl mwg ar ben ei ysgwyddau'n wynebu'r plant. "Helô, amddifaid. Ro'n i'n meddwl y byddai'n syniad da inni weld ein gilydd wyneb yn wyneb."

"Batecs!" gwichiodd Sunny, ac ystyr hynny mwy na thebyg oedd, "Does neb yn gallu gweld dy wyneb di, mêt!"

"Dw i'n rhy brysur i ddweud gair yn rhagor am hynny," meddai'r dyn. "Nawr, 'dach chi wedi cwrdd â Charles yn barod, dw i'n gweld. Fe yw 'mhartner i. 'Dan ni'n rhannu popeth yn gyfartal. Bargen dda, 'dach chi ddim yn meddwl?"

"Mae'n swnio felly," atebodd Klaus, "ond wn i fawr ddim am y busnes coed."

"O, ydy, debyg iawn," meddai Charles. "Bargen

dda dros ben."

"Wel," aeth y dyn yn ei flaen, "rwy am gynnig bargen dda i chithe hefyd, blant. Nawr, fe glywais am yr hyn ddigwyddodd i'ch rhieni – sobor o beth. A dw i hefyd wedi clywed am y dyn Iarll Olaf 'ma, sy'n swnio'n hen fwbach bach hyll. Y fe a'r holl bobl ryfedd yr olwg 'na sy'n gweithio iddo. Felly, pan ffoniodd Mr Poe fi, fe ddaru ni daro bargen deg iawn, a dyma hi ichi: fe geisia i wneud yn siŵr nad yw Iarll Olaf a'i griw yn dod ar eich cyfyl byth eto, ac yn y cyfamser, fe fyddwch chi'n gweithio yn fy melin goed tan y byddwch chi'n ddigon hen i gael yr holl arian 'na sy'n dod ichi. Bargen deg?"

Fedrai'r Baudelairiaid ddim ateb, achos iddyn nhw roedd yr ateb yn amlwg. Bargen deg, fel y gŵyr pawb, yw pan fydd y ddwy ochr wedi cynnig rhywbeth sydd fwy neu lai yn werth yr un faint. Er enghraifft, petaech chi'n cael llond bol ar chwarae rhyw gêm ar y cyfrifiadur ac yn rhoi'r meddalwedd i'ch brawd yn gyfnewid am ei bêl-droed, fe fyddai hynny'n fargen deg. Neu petai rhywun yn cynnig fy smyglo o'r wlad yn gyfnewid am docynnau rhad ac am ddim i weld sioe iâ ragorol, fe fyddai hynny'n fargen deg. Ond gweithio am flynyddoedd mewn melin goed yn gyfnewid am geisio gwneud yn siŵr bod Iarll Olaf yn cadw draw? Bargen annheg iawn oedd honno, ac fe wyddai'r tri hynny'n iawn.

"O, syr," meddai Charles, gan wenu'n nerfus ar y Baudelairiaid. "Allwch chi ddim bod o ddifri? Dyw melin goed ddim yn lle diogel i blant."

"Wrth gwrs ei bod hi," atebodd y dyn. Cododd ei law at ei wyneb ac aeth ar goll am eiliad neu ddwy yn y mwg wrth iddo gosi ei hun yn rhywle. "Fe fydd yn gwneud iddyn nhw werthfawrogi cyfrifoldeb ac yn eu dysgu beth yw gwaith caled. Ac ar yr un pryd fe ddysgan nhw sut mae byrddau pren yn cael eu creu o goed."

"Wel, chi sy'n gwybod orau, siŵr o fod," ildiodd Charles gan godi'i ysgwyddau.

"Ond fe allen ni *ddarllen* am y pethe 'na i gyd a dysgu amdanyn nhw felly," meddai Klaus.

"Mae hynny'n wir, syr," meddai Charles. "Fe allen nhw astudio yn y llyfrgell. Maen nhw'n ymddangos fel plant sy'n gwybod sut i fihafio'n iawn. Dw i'n siŵr na fydden nhw'n malurio'r lle."

"Llyfrgell!" atebodd y dyn yn chwyrn. "Chlywes i erioed y fath ddwli! Peidiwch â gwrando gair ar Charles, blant. Fe fynnodd fy mhartner fan hyn greu llyfrgell er budd y gweithwyr yn y felin, ac fe wireddwyd ei ddymuniad. Ond dyw hynny ddim yn cymryd lle gwaith caled."

"O, rwy'n *erfyn* arnoch chi," plediodd Violet. "Gadewch i'm chwaer fach aros yn yr ystafell gysgu drwy'r dydd, o leia. Dim ond babi yw hi."

"Rwy wedi cynnig bargen deg ichi," meddai'r dyn. "Tra byddwch chi'n aros o fewn clwydi Melin Goed yr Oglau Lwcus, ddaw'r dyn Iarll Olaf 'na ddim ar eich cyfyl. Ar ben hynny, fe gewch chi le i gysgu bob nos, swper poeth a gwm cnoi i ginio bob dydd. Yn gyfnewid am hyn i gyd, y cyfan sydd raid ichi ei wneud yw gweithio yn y felin am rai blynyddoedd. Mae'n swnio'n fargen ardderchog i mi. Wel, braf iawn cwrdd â chi. Os nad oes mwy o gwestiynau, fe af i nawr. Mae fy mhitsa i'n oeri, ac mae'n gas gen i bitsa oer."

"Mae gen i gwestiwn," meddai Violet. Mewn

gwirionedd, roedd ganddi lwyth o gwestiynau a'r rhan fwyaf ohonynt yn dechrau gyda'r ymadrodd "Sut fedrwch chi …" "Sut fedrwch chi orfodi plant bach i weithio mewn melin goed?" oedd un ohonyn nhw. "Sut fedrwch chi'n trin ni mor ddifrifol o wael ar ôl popeth sydd wedi digwydd inni?" oedd un arall. Ac yna, roedd "Sut fedrwch chi dalu eich gweithwyr mewn tocynnau yn lle arian?" a "Sut fedrwch chi roi gwm i bobl yn lle bwyd?" a "Sut fedrwch chi ddiodde'r holl fwg 'na sy'n cuddio'ch wyneb?"

Ond doedd yr un o'r cwestiynau hyn yn swnio fel rhai addas i'w gofyn – nid i'r dyn ei hun, o leia. Felly, bodlonodd ar edrych i ganol y cwmwl a gofyn, "Beth yw'ch enw chi?"

"Hidiwch befo be 'di'n enw i," atebodd y dyn. "All neb ei ynganu, p'run bynnag. Jest galwch fi'n Syr."

"Fe wna i hebrwng y plant at y drws, Syr," meddai Charles ar frys, a chan godi'i law, diflannodd perchennog Melin Goed yr Oglau Lwcus. Arhosodd Charles yn nerfus am rai eiliadau, i wneud yn siŵr na ddeuai 'nôl am unrhyw reswm. Yna estynnodd yr eirinen wlanog atynt. "Na hidiwch be ddwedodd e am y gwm cnoi," meddai. "Cymerwch hon fel pwdin."

"O, diolch yn fawr," meddai Klaus, gan frysio i rannu'r ffrwyth rhwng tri. Sunny gafodd y darn mwyaf, am nad oedd hi hyd yn oed wedi cael darn o gwm cnoi. Llowciodd y tri eu darnau'n awchus – ac yn yr achos yma mae "bwyta gydag awch" yn golygu "mwynhau pob defnyn o flas oedd i'w dynnu o'r eirinen wlanog am eu bod nhw bron â llwgu". Fel arfer, dyw bwyta'n frysiog a swnllyd fel y gwnaethon nhw ddim yn beth cwrtais i'w wneud, ond roedd y sefyllfa mor anarferol nes y byddai'r arbenigwr mwyaf ar gywirdeb ymddygiad wedi maddau iddynt.

"Gan eich bod chi'n blant mor hyfryd," meddai Charles wedyn, "a chithe wedi gweithio mor galed yn barod heddiw, rwy'n mynd i wneud rhywbeth ar eich rhan. Allwch chi ddyfalu beth?"

"Cael gair arall 'da Syr i wneud iddo weld na ddyle plant fel ni weithio mewn hen felin beryglus," awgrymodd Violet, gan llio diferion o sudd yr eirinen wlanog oddi ar ei gên.

"Wel, na," cyfaddefodd Charles. "Fydde hynny ddim yn gweithio. Dyw e'n gwrando dim arna i."

"Ond chi yw ei bartner," plediodd Klaus.

"Fe wn i," cytunodd Charles. "Ond dyw hynny nac yma nac acw. Pan fydd Syr wedi dweud fel mae hi i fod, does dim gobaith newid ei feddwl. Rhaid ichi faddau iddo os yw'n gallu swnio braidd yn galed. Fe gafodd fagwraeth anodd, wyddoch chi. Allwch chi ddeall hynny?"

Trodd llygaid Violet tuag at y llun o lan y môr, gyferbyn â'r drych, a chofiodd unwaith eto am y diwrnod erchyll pan dorrwyd y newyddion iddi am farwolaeth ei rhieni. "Ydw," atebodd yn drist, "rwy'n meddwl 'mod i'n gallu deall beth yw magwraeth anodd. Rwy ar ganol un fy hun."

"Wel, rwy'n gwybod beth fydd yn gwneud ichi deimlo rhywfaint yn well," meddai Charles yn obeithiol. "Rhyw fymryn, o leia. Gadewch imi ddangos y llyfrgell ichi cyn ichi fynd 'nôl at y gwaith. Mae croeso ichi ymweld â hi pryd bynnag y mynnoch. Dewch ymlaen, mae'r llyfrgell i lawr y cyntedd fan hyn."

Er y bydden nhw'n ôl wrth eu gwaith toc, ac er eu bod nhw'n dal yn llwglyd, ac er iddyn nhw gael cynnig un o'r bargeinion gwaethaf a gynigiwyd i blant erioed, wrth ddilyn Charles i gyfeiriad y llyfrgell roedd y Baudelairiaid yn teimlo rhywfaint yn well. Doedd dim ots pa fath o lyfrgell oedd hi, un yn llawn llyfrau am ymlusgiaid fel un Wwncwl Maldwyn, neu un yn llawn llyfrau gramadeg fel un Bopa Josephine, neu un yn llawn llyfrau am y Gyfraith fel un yr Ustus Straus, neu lyfrgell fel un eu rhieni a oedd wedi bod yn llawn dop o bob math o lyfrau – ond a losgwyd yn ulw, gwaetha'r modd – roedd llyfrgelloedd wastad wedi gwneud i'r tri deimlo ychydig bach yn well. Roedd gwybod y gallen nhw ddianc i fyd llyfrau – hyd yn oed am ennyd fach – yn help i godi'r galon.

Cyrhaeddodd Charles y drws priodol a'i agor cyn eu hannog i mewn. Roedd hi'n ystafell fawr, yn llawn silffoedd pren gosgeiddig. Roedd rhes o ffenestri mawr ar hyd un wal a llifai'r golau drwyddynt. Roedd yno hefyd soffas cysurus yr olwg a thirluniau mawreddog a oedd yn bleser i'r llygad. Ond er gwaethaf hyn i gyd, doedd y Baudelairiaid ddim yn teimlo fymryn yn well wedi'r cwbl.

"Ble mae'r llyfrau?" gofynnodd Klaus. "Silffoedd

hardd, ond maen nhw i gyd yn wag."

"Dyna'r unig beth sydd o'i le ar y llyfrgell hon," cyfaddefodd Charles. "Mae Syr wedi gwrthod rhoi dimai goch imi tuag at brynu llyfrau."

"Does dim *un* llyfr yma?" holodd Violet.

"O, oes," atebodd Charles. "Mae yma dri." Ar hynny, cerddodd at y silff bellaf, lle safai tri llyfr unig ar y rhes waelod. "Cafodd y tri llyfr hyn eu rhoi fel rhoddion i'r llyfrgell. Rhoddodd Syr ei lyfr, sef *Hanes Melin Goed yr Oglau Lwcus*. Mae Maer Tre-bitw wedi rhoi cyfrol denau o'r enw *Popeth y dylech chi ei wybod am Dre-bitw* a chafwyd *Cyfraniad Opffthalmoleg i Les y Ddynolryw* yn rhodd gan Dr Orwell, sy'n byw yn y dref."

Daliodd Charles y tri llyfr yn uchel er mwyn dangos y cloriau i'r Baudelairiaid, a bu hynny ynddo'i hun yn ddigon i'w dychryn. Roedd llun o Syr ar glawr *Hanes Melin Goed yr Oglau Lwcus*, gyda'i wyneb dan gwmwl o fwg. Ar glawr *Popeth y dylech chi ei wybod am Dre-bitw* roedd llun o swyddfa'r post gyda'r hen esgid yn hongian ar bolyn o'i blaen. Ond clawr *Cyfraniad Offthalmoleg i Les y Ddynolryw* gododd yr arswyd mwyaf arnynt.

Rwy'n siŵr ichi glywed pobl yn dweud na ddylech chi farnu llyfr yn ôl ei glawr. Ond weithiau mi fydd y clawr yn dweud popeth wrthych am y llyfr dan sylw a'i gynnwys. Fe wyddai'r plant – ac rwy'n siŵr eich bod chithau'n gwybod hefyd – mai astudiaeth feddygol o ddiffygion ar y llygaid yw 'opffthalmoleg'. Os ydych chi, fel Klaus, yn gwisgo sbectol, mae'n siŵr eich bod chi'n gyfarwydd ag ymweld â'r optegydd ac yn gwybod nad oes dim byd i'w ofni bryd hynny.

Ond wrth edrych ar glawr y llyfr hwn, fe wyddai'r plant yn ddigon da fod ganddyn nhw le i bryderu go iawn. Delwedd o lygad oedd yn llenwi'r clawr, a doedd hynny ddim yn annisgwyl o ystyried beth oedd cynnwys y llyfr. Ond nid unrhyw hen ddelwedd o unrhyw hen lygad oedd yno. Roedd y llygad hwn yn gyfarwydd iawn i'r Baudelairiaid. Roedd y tri wedi gweld y ddelwedd lawer gwaith yn eu hunllefau gwaethaf. Hwn oedd yr union lygad a'r union ddelwedd a oedd yn eiddo i Iarll Olaf.

PENNOD

Pump

Am ddiwrnodau ar ôl hynny, bu rhywbeth trwm
fel plwm yn gorwedd yn annifyr ym moliau'r
Baudelairiaid. Yn achos Sunny, y garreg yng
nghanol yr eirinen wlanog gawson nhw
gan Charles oedd y peth hwnnw. Fel
arfer, wrth gwrs, dyw pobl ddim yn
bwyta'r garreg sydd yng
nghanol ffrwyth, ond cymaint
oedd awch y fechan am fwyd y
diwrnod   hwnnw,   a
chymaint oedd ei hoffter o
gnoi pethau caled bob amser, fel
ei bod wedi llyncu'r garreg
gyda'r cnawd.

Ond hyd yn oed i Sunny, heb sôn am Violet a Klaus, gofid, nid eirin, oedd gwir achos y poen bol. Roedd y tri'n argyhoeddedig fod Iarll Olaf yn llechu yn ymyl, yn barod i grafangu amdanynt.

Bob bore, pan fyddai Fforman Fflachotuno'n hyrddio'i sosbenni swnllyd yn erbyn ei gilydd, byddai'r tri'n cymryd golwg fanwl arno, rhag ofn bod Iarll Olaf wedi cymryd ei le dros nos. Dyna'r union fath o dric dan din y byddai Iarll Olaf yn ei wneud; rhoi wig wen ar ei ben a mwgwd meddygol dros hanner ei wyneb. Ond yr un llygaid tywyll, bachog oedd gan Fforman Fflachotuno bob bore, a doedden nhw'n ddim byd tebyg i lygaid sgleiniog Iarll Olaf. Byddai wastad yn siarad yn ei lais cras hefyd, oedd yn gwbl wahanol i lais llyfn a seimllyd Iarll Olaf.

Fe feddylion nhw wedyn y gallai'r hen gnaf esgus bod yn un o'r gweithlu – gair sydd yma'n golygu "un o'r criw anffodus oedd yn cydweithio am docynnau di-werth ym melin goed anghyfeillgar Syr". Wrth groesi'r buarth, byddai'r plant yn edrych yn ofalus ar eu cyd-weithwyr, rhag ofn bod rhywun tebyg i Iarll Olaf yn eu plith, yn barod i'w cipio ymaith pan nad oedd Fforman Fflachotuno'n edrych. Ond er bod golwg druenus ar bawb o'u cwmpas, doedd neb yn edrych mor filain ag e.

Eu gofid wedyn oedd y byddai Iarll Olaf yn defnyddio un o beiriannau peryglus y felin i geisio eu gwahanu oddi wrth eu ffortiwn, ond wrth i'r dyddiau fynd heibio doedd dim golwg o hynny chwaith.

Daeth y gwaith o ddadrisglo'r coed i ben o'r diwedd. Rhoddwyd y dadrisglwyr yn ôl yn eu cornel a chafodd y peiriant gyda'r ddwy grafanc fawr ei ddiffodd. Wedyn, roedd disgwyl i'r gweithwyr godi'r boncyffion fesul un ar y tro a'u dal yn erbyn y llif gron oedd yn troi'n drwstfawr i dorri pob coeden yn nifer o fyrddau gwastad. Cyn pen fawr o dro, roedd breichiau ifanc y tri'n gwingo tan bwysau'r gwaith caled, ond doedd dim golwg fod Iarll Olaf am gymryd mantais o hynny a'u herwgipio.

Yna, rhoddodd Fforman Fflachotuno orchymyn i Phil wasgu botwm y peiriant lle roedd y belen o linyn wedi'i dal mewn cawell. Gwaith y peiriant hwn oedd lapio'r llinyn o amgylch pentyrrau bychain o'r byrddau. Yna, roedd disgwyl i'r gweithlu i gyd wasgu'n dynn o gwmpas pob pentwr er mwyn gwneud clymau cymhleth i gadw'r cyfan ynghyd. Yn fuan, roedd bysedd bach y plant mor boenus, prin y gallen nhw gydio yn y tocynnau di-werth roedden nhw'n eu cael fel tâl bob dydd.

Bob dydd, roedd y Baudelairiaid ar eu gwyliadwriaeth, sy'n golygu eu bod nhw'n "cadw llygad barcud hyd yn oed yn fwy craff nag arfer am unrhyw arwyddion fod Iarll Olaf a'i griw yn ymyl". Ond doedd dim sôn amdano. Dirgelwch yn wir!

"Dirgelwch yn wir!" meddai Violet un diwrnod pan oedd y gwm cnoi newydd gael ei ddosbarthu. "Does dim golwg ohono yn unman."

"Mae'r adeilad 'na ar draws y ffordd yn edrych fel y llygad yn y tatŵ," meddai Klaus. "Mae clawr y llyfr 'na yn y llyfrgell yn edrych yr un peth. Mae e yn ymyl yn rhywle. Ond ble?"

"Ffwnbod!" dywedodd Sunny'n feddylgar, oedd mwy na thebyg yn golygu "Fe hoffwn i wybod".

Cliciodd Violet ei bysedd, er eu bod nhw'n brifo. "Rwy newydd feddwl am rhywbeth," meddai. "Fedr neb weld wyneb Syr. Efallai mai Iarll Olaf yw e. Un arall o'i guddwisgoedd. Efallai iddo brynu siwt werdd a dechrau smygu sigârs er mwyn cymryd arno mai fe yw'r perchennog."

"Rwy wedi meddwl am hynny'n barod," meddai Klaus. "Ond mae e gymaint yn fyrrach na Iarll Olaf. Wn i ddim sut allai neb wneud hynny."

"Charn!" ychwanegodd Sunny, oedd yn golygu "ac mae ei lais yn gwbl wahanol hefyd", siŵr o fod.

"Mae hynny'n wir," meddai Violet ac estynnodd ddarn bychan o bren i'w chwaer fach. Am na ddylai babanod gael gwm cnoi yn eu cegau, byddai Klaus a hithau'n gadael iddi gnoi ar ddarnau pren o'r fath ar gyfer ei chinio. Doedd hi ddim yn llyncu'r pren, wrth gwrs, dim ond ei gnoi, gan gogio mai darn o foronen oedd ganddi, neu afal neu gig eidion.

"Efallai nad yw e wedi dod o hyd inni eto," cynigiodd Klaus. "Wedi'r cwbl, tre fach yn bell o bobman yw Tre-bitw. Fe all gymryd blynyddoedd iddo weithio mas ble 'yn ni."

"Twts!" ebychodd Sunny, a oedd yn golygu rhywbeth yn debyg i "Ond beth am yr adeilad od 'na a'r llygad sydd ar glawr y llyfr?"

"Cyd-ddigwyddiad yw'r pethe 'na, efallai," meddai Violet. "Dyna ddywedon ni ar y dechrau. Mae arnon ni gymaint o'i ofn, 'dan ni'n dechre gweld arwyddion o Iarll Olaf ym mhobman. Efallai mai Syr sy'n iawn. Efallai ein bod ni'n ddiogel yma."

"Dyna'r ffordd orau i edrych ar bethau," meddai Phil, oedd yn digwydd eistedd yn ymyl. "Rhaid ichi edrych ar yr ochr olau. Dyw Melin Goed yr Oglau Lwcus ddim yn fêl i gyd, ond does dim sôn am y boi Olaf 'ma sydd ar eich meddylie chi drwy'r amser. Efallai y byddwch chi'n edrych 'nôl ac yn meddwl mai dyma oedd amser gorau'ch bywyd."

"Rwy'n edmygu dy optimistiaeth di," gwenodd Klaus ar Phil.

"Finne hefyd," meddai Violet.

"Tempa," cytunodd Sunny.

"Da iawn chi," meddai Phil yn frwdfrydig. "Dyna'r ffordd orau. Codi'ch calonnau a bwrw iddi." Roedd wedi codi ar ei draed wrth siarad a nodiodd y Baudelairiaid i ddangos eu bod nhw'n cytuno. Ond drwy gil eu llygaid, edrychai'r tri ar ei gilydd yn amheus. Doedd 'na ddim golwg o Iarll Olaf, eto, roedd hynny'n wir. Ond go brin fod hynny'n golygu bod ganddyn nhw fywyd braf. Neu hyd yn oed un derbyniol. Sosbenni'n clindarddach oedd yn eu deffro bob bore. Llais cras Fforman Fflachotuno oedd yn eu clyw drwy'r dydd. Y gwm cnoi felltith oedd eu hunig ginio – ar wahân i foron dychmygol Sunny. A gwaeth na'r cyfan, roedd oriau hir o waith yn y felin goed bron yn drech na nhw bob dydd.

Er ei bod hi'n agos at beiriannau cymhleth bob dydd, doedd Violet heb feddwl am ddyfeisio unrhyw beth ers dyddiau. Er iddo gael rhwydd hynt fynd i'r llyfrgell, doedd Klaus heb fynd yno unwaith i edrych yn fanylach ar y cynnwys pitw. Ac er bod digonedd o bethau caled o gwmpas, ar wahân i'w 'chinio', doedd Sunny heb gael fawr o flas ar ddim. Hiraethai'r tri am wybod popeth oedd i'w wybod am ymlusgiaid gydag Wncwl Mald. Hiraethent am fyw gyda Bopa Josephine ar ymyl y clogwyn yn edrych dros Lyn Dagrau. Ond yn fwy na dim, hiraethent am eu rhieni.

"Wel," meddai Violet, "dim ond am ychydig flynyddoedd y bydd angen inni weithio yma. Pan fydda i'n ddeunaw, fe fydd gen i hawl i ddefnyddio arian y Baudelairiaid. Fe fydda i'n codi stiwdio ddyfeisio i mi fy hun, er mwyn imi allu ddyfeisio o fore gwyn tan nos. Byddai codi un yn edrych dros Lyn Dagrau yn braf – yn yr union fan lle safai cartref Bopa Josephine."

"Llyfrgell fydde fy newis cyntaf i," meddai Klaus. "Un fydde ar agor i'r cyhoedd. Ac fe hoffwn i brynu'n ôl holl gasgliad ymlusgiaid Wncwl Mald, er mwyn eu cael nhw i gyd ynghyd unwaith eto."

"Deinto!" gwichiodd Sunny. Dychmygai'r ddau arall ei bod hi am agor deintyddfa iddi'i hun.

"Beth yn y byd yw ystyr 'Deinto'?"

Wrth droi rownd, fe welodd y plant fod Charles wedi dod i mewn i'r felin goed.

"Helô, Charles," meddai Violet. "Dyna braf eich gweld. Fuoch chi'n brysur?"

"Smwddio crysau Syr. Mae ganddo lawer o grysau," meddai, "a fi fydd wastad yn eu smwddio. Ylwch, fe ddes i â thipyn o gig oer i chi. 'Swn i wedi dod â mwy, ond doedd fiw imi, neu mi fydde Syr yn sylwi."

"Diolch yn fawr," meddai Klaus yn gwrtais. "Fe

rannwn ni fe â'r gweithwyr eraill."

"O'r gore 'te," meddai Charles, "ond fe gawson nhw i gyd docynnau gyda gostyngiad hael ar gig oer yr wythnos ddiwethaf. Dw i'n siŵr iddyn nhw gael digonedd bryd hynny."

"Efallai'n wir," meddai Violet, er ei bod hi'n gwybod yn iawn na fyddai neb o'r gweithlu wedi gallu fforddio cig oer yr wythnos ddiwethaf. "Charles, 'dan ni wedi bod yn meddwl eich holi chi am un o lyfrau'r llyfrgell, yr un gyda'r llygad ar y clawr. O ble daeth e?"

Ond prin iddi gael y cwestiwn o'i cheg pan wnaeth Fforman Fflachotuno fwrw'r sosbenni yn erbyn ei gilydd. "'Nôl at waith!" gwaeddodd. "Rhaid gorffen clymu'r byrddau heddiw. Dyna ddigon o fân siarad."

"'Swn i'n hoffi cael munud neu ddwy arall gyda'r plant, Fforman Fflachotuno," meddai Charles. "Siawns na allwn ni ..."

"Gan Syr gesh i'n ordyrs," meddai'r fforman yn ôl, "ac rwy'n bwriadu gwneud yn union fel y dywedodd e wrtha i. Wrth gwrs, os carech chi godi'r mater gyda fe ..."

"Na, na," ildiodd Charles. "Fydd dim angen gwneud dim byd felly."

"Na, doeddwn i ddim yn meddwl y bydde," meddai Fforman Fflachotuno. "Bant â chi, gorachod! 'Nôl at waith."

Ochneidiodd y plant yn rhwystredig, gan fartsio fesul un ac un at y felin, gyda Fforman Fflachotuno wrth gwt Klaus, sef yr olaf yn y rhes. Roedd ganddyn nhw dri rheswm da dros ochneidio mor ddwfn. Doedd dim modd perswadio'r fforman nad corachod oedden nhw. Doedd dim gobaith cael hanes y llyfr gan Charles. A doedd ganddyn nhw ddim i edrych ymlaen ato ond prynhawn o waith caled. Wel, roedd dau o dri yn wir, ta beth. Ond am y trydydd? Wel, doedd pethau ddim yn mynd i ddigwydd yn union fel roedd Klaus wedi'i ddisgwyl!

Wn i ddim a oes neb erioed wedi chwarae'r hen dric cas 'na arnoch chi o roi ei droed allan i'ch baglu wrth ichi gerdded, ond dyna beth ddigwyddodd i Klaus. Fe ddigwyddodd i minnau hefyd unwaith. Fe ges i 'maglu gan heddwas pan oeddwn ar ganol cario pelen risial hen Sipsi oedd yn arfer dweud ffortiwn.

Wnaeth hi erioed faddau imi am syrthio'n bendramwnwgl a chwalu ei phelen werthfawr yn chwilfriw ar y llawr.

Hen dric cas iawn yw baglu person fel'na, ac mae'n flin gen i ddweud wrthych mai Fforman Fflachotuno fu'n gyfrifol am yr anffawd a ddigwyddodd i Klaus. Syrthiodd yntau'n bendramwnwgl a hyrddiwyd ei sbectol oddi ar ei drwyn draw at y pentwr o fyrddau pren oedd yn aros i gael eu clymu.

"Hei!" meddai Klaus. "'Dach chi wedi 'maglu i."

Un o'r pethau mwyaf annifyr am y tric arbennig hwn yw y bydd y person sy'n eich baglu bron wastad yn esgus na wyddon nhw ddim byd am y peth. "Wn i ddim byd am y peth," meddai Fforman Fflachotuno.

Roedd Klaus yn rhy grac i ddadlau wrth iddo frysio i godi ar ei draed, tra aeth Violet draw i nôl ei sbectol. Wrth iddi blygu i'w chodi, gallai weld bod rhywbeth mawr o'i le. Rhaid cofio i'r sbectol lamu drwy'r awyr, bwrw'r pren a llithro ar hyd y llawr. Erbyn i Violet ei chodi, roedd hi'n edrych yn debyg iawn i gerflun gafodd ei greu gan ffrind i mi, amser maith yn ôl. Enw'r cerflun oedd *Wedi Sgathru, Wedi Sgrwnsio, Wedi Malu'n Llwyr.*

"Sbectol fy mrawd!" gwaeddodd Violet. "Mae hi wedi'i sgathru, ei sgrwnsio a'i malu'n llwyr. Dyw e'n gallu gweld bron dim heb ei sbectol."

"Hen dro yn wir," meddai Fforman Fflachotuno'n smyg.

"Peidiwch â bod mor wirion, ddyn," cododd Charles ei lais. "Mae angen pâr newydd ar y bachgen. Fe all pawb weld hynny."

"Fedra i ddim," meddai Klaus.

"Cydia yn 'y mraich i," meddai Charles. "Mae'n amhosibl gweithio mewn melin goed os nad wyt ti'n gallu gweld fawr ddim. Fe af i â ti at yr optegydd yn syth."

"O, diolch," meddai Violet mewn rhyddhad.

"A oes un yn ymyl?" gofynnodd Klaus.

"Mae 'na un sy'n rhyfeddol o gyfleus," atebodd Charles. "Dim ond ar waelod y stryd mae swyddfa Dr Orwell. Rwy'n siŵr ichi sylwi ar yr adeilad. Mae'n nodedig iawn – ar ffurf llygad. Dyna'r union Ddoctor Orwell a gyflwynodd lyfr yn rhodd i'r llyfrgell. Nawr 'te, dere 'mlaen, Klaus."

"O, na," ochneidiodd Violet. "Allwch chi ddim mynd ag e yno."

Ond erbyn hynny, roedd Charles wedi gorfod codi ei law at ei glust i geisio clywed yn well. "Beth ddywedest ti?" gwaeddodd. Roedd Phil newydd roi ei fys ar switsh peiriant y cortyn clymu a gwnâi hwnnw sŵn byddarol wrth i'r belen fawr o linyn droelli yng nghrombil y cawell.

"Ioriara-hŵ!" gwaeddodd Sunny'n groch. Ond doedd dim yn tycio. O ganlyniad i'r holl sŵn, doedd Charles ddim yn gallu clywed na gwrando ar ddim.

Doedd dim byd fedrai'r ddwy chwaer ei wneud. Ac am unwaith, roedd sŵn yn eu clyw oedd hyd yn oed yn uwch na sŵn chwyrlïo'r peiriant a sŵn sosbenni Fforman Fflachotuno'n taro yn erbyn ei gilydd – a'r sŵn hwnnw oedd sŵn eu calonnau'n curo wrth iddyn nhw weld eu brawd yn diflannu drwy'r drws gyda Charles.

PENNOD

Chwech

"*Coeliwch* fi, does 'na ddim byd i boeni yn ei gylch," meddai Phil wrth i Violet a Sunny bigo'u bwyd. Byddai'r ddwy wedi hoffi ei gredu, ond roedd hi'n amser swper nawr a doedd dim golwg o Klaus o hyd.

Ar ôl gorffen eu gwaith, roedden nhw wedi croesi'r buarth brwnt gan syllu'n hiraethus i gyfeiriad y glwyd fawr. Roedden nhw'n dyheu am weld eu brawd yn dod yn ôl o swyddfa Dr Orwell. Yna, yn yr ystafell gysgu, bu'r ddwy'n syllu drwy'r ffenestr ar lwydni diflas Tre-bitw am rai munudau, cyn sylweddoli mai edrych ar y wal oedden nhw, nid ar Tre-bitw o gwbl. Doedd yno ddim ffenestri go iawn; dim ond ffurf ffenestri wedi'u tynnu â phen ffelt. Ond cymaint oedd eu gofid, fel i'r ddwy anghofio am hynny am ychydig eiliadau.

Bellach, roedd swper bron ar ben a doedd dim sôn am Klaus o hyd. Ac ar ben hynny, roedden nhw'n gorfod dioddef gwrando ar Phil yn eu sicrhau bob dwy funud nad oedd dim i boeni yn ei gylch.

"Dw i'n meddwl bod 'na lawer i boeni yn ei gylch," meddai Violet wrtho o'r diwedd. "'Dyw Klaus byth wedi dod yn ei ôl. Mae prynhawn cyfan wedi mynd. A nawr mae amser swper wedi mynd heibio hefyd. Does wybod beth sydd wedi digwydd iddo."

"Becer!" cytunodd Sunny.

"O, fe wn i fod doctoriaid yn gallu codi ofn ar blant bach," oedd ateb Phil, "ond mae pob doctor yn ffrind i chi. Wnân nhw byth roi loes i neb."

Sylweddolodd Violet yn syth nad oedd modd dal pen rheswm â Phil. "Ti'n iawn, wrth gwrs," cytunodd, ond doedd hi ddim yn ei feddwl.

Roedd Phil yn bell o'i le. Fe wyddai hi hynny.

Doedd dim rheswm yn y byd pam ddylai pob meddyg neu ddeintydd neu optegydd fod yn ffrind ichi. Does neb yn disgwyl i'r postmon neu'r cigydd, neu'r dyn sy'n dod i drwsio'r teledu, fod yn ffrind iddyn nhw. Felly pam ddylai pobl sy'n gweithio yn y byd meddygol fod yn wahanol? Gwaith meddyg yw eich gwella neu wneud ichi deimlo'n well. Ond weithiau, mae hynny'n golygu eich bod yn gorfod dioddef ychydig o boen. Pan ddywedodd Phil na fyddai doctor "byth yn rhoi loes i neb", roedd e'n siarad trwy'i het, fel y bydd pob un ohonoch sydd wedi cael chwystrelliad erioed yn ei wybod.

Ond yr hyn oedd wedi cynyddu pryderon Violet a Sunny am eu brawd hyd yn oed yn fwy, wrth gwrs, oedd meddwl bod rhyw gysylltiad rhwng yr optegydd hwn, Dr Orwell, ac Iarll Olaf. Gwyddai'r ddwy mai ofer fyddai ceisio egluro hynny i Phil. Optimist oedd hwnnw, ac fe fyddai'n siŵr o feddwl y gorau o bob sefyllfa.

"Rhaid bod Dr Orwell ar ei hôl hi," meddai Phil i geisio eu cysuro unwaith eto pan ddaeth hi'n amser mynd i'r gwely. "Pan ewch chi i weld unrhyw fath o ddoctor, mae'r ystafell aros wastad yn orlawn."

"Golboth!" meddai Sunny'n ôl wrtho, oedd yn golygu rhywbeth fel "Gobeithio dy fod ti'n iawn, Phil bach".

Gwenodd Phil ei 'Nos da' yn ôl arni cyn iddo ddiffodd golau'r ystafell gysgu. Cyn pen fawr o dro, roedd y merched Baudelaire wedi'u hamgylchynu gan sŵn chwyrnu. Fedren nhw ddim cysgu, wrth gwrs. Y cyfan fedrai'r ddwy ei wneud oedd rhythu i'r düwch swnllyd o'u cwmpas, gyda'r gofid ym mynwes y ddwy yn cynyddu bob munud.

Daeth rhyw wich drist, fel sŵn drws yn cau, o enau Sunny a chydiodd Violet ym mlaenau ei bysedd, a oedd yn friwiau i gyd ar ôl bod yn cau clymau drwy'r dydd, a chwythu arnynt yn dyner. Esmwythwyd y bysedd, ond nid y gofid yng nghalonnau'r ddwy. Ble yn y byd allai Klaus fod? Beth oedd wedi digwydd iddo? Un o'r pethau gwaethaf am ddrygioni Iarll Olaf oedd na wyddai neb byth beth fyddai ei dric nesaf. Roedd e eisoes wedi'i gwneud hi'n berffaith glir nad oedd dim byd na fyddai'n fodlon ei wneud er mwyn cael ei ddwylo blewog ar arian y plant.

Wrth i'r nos droi'n ddüach a düach, roedd dychymyg y ddwy ferch yn meddwl am lawer mwy o bethau erchyll a allai fod wedi digwydd i Klaus.

"Sdimdantani!" sibrydodd Sunny yng nghlust Violet o'r diwedd. A chytunodd hithau. Doedd dim amdani – roedd yn rhaid iddyn nhw fynd i chwilio amdano.

Ymadrodd od iawn yw "mor dawel â llygoden fach", achos yn aml iawn hen greaduriaid swnllyd iawn yw llygod bach. Felly, pan fydd pobl yn dweud eu bod nhw'n ceisio cadw "mor dawel â llygoden fach", mae'n eitha posibl eu bod nhw'n gwneud y sŵn rhyfedda. Byddai'n llawer mwy priodol i ddweud "mor dawel â pherson sy'n gwneud meim", ond dyw hwnnw ddim yn ymadrodd hanner mor slic â "mor dawel â llygoden fach". Dyna pam na fyddwch yn clywed neb yn ei ddweud yn aml, mae'n debyg.

Ta waeth! Cododd Violet a Sunny oddi ar y bync mor dawel â dau berson yn gwneud meim, a chamu ar flaenau eu traed ar draws yr ystafell gysgu ac allan i'r nos. Roedd y lleuad yn llawn y noson honno, a chymerodd y ddwy ferch hoe i rythu ar yr effaith a gâi hynny ar y buarth llychlyd. Edrychai'r lle mor foel a rhyfeddol ag wyneb y lleuad ei hun.

Cododd Violet Sunny yn ei breichiau a chroesodd y ddwy at y glwyd drom. Yr unig smic a oedd i'w glywed oedd shyfflo ysgafn traed Violet yn llithro'n dawel drwy'r llwch. Ni allai'r ddwy amddifad gofio eu bod erioed wedi bod mewn lle mor llonydd ac iasoer. Dyna pam i'r ddwy neidio mewn braw pan glywson nhw sŵn gwichian yn dod i'w cyfarfod o gyfeiriad y glwyd. Sŵn fel llygod bach ar gerdded. Cydiodd Sunny'n dynn yn ei chwaer fawr a rhythodd y ddwy i'r tywyllwch. Gydag un wich arall, agorodd y glwyd a chamodd person byr trwyddi gan gerdded tuag atynt.

"Klaus!" meddai Sunny, gan ynganu un o'r ychydig eiriau y gallai hi eu dweud yn iawn. Ac er mawr ryddhad iddi, gallai Violet weld mai Klaus oedd yno. Yn gorwedd ar ei drwyn roedd sbectol newydd a edrychai'r un ffunud â'i hen un. Am ei bod mor newydd, disgleiriai yng ngolau'r lleuad. Gwenodd yntau'n gwrtais a dieithr ar ei chwiorydd, fel petai'n cyfarch pobl nad oedd yn eu hadnabod o gwbl.

"O, Klaus," meddai Violet gan ei gofleidio, "'dan ni wedi gofidio cymaint amdanat ti. Rwyt ti wedi diflannu ers oriau. Beth yn y byd sydd wedi digwydd i ti?"

"Wn i ddim," sibrydodd Klaus mewn llais mor dawel, bu'n rhaid i'r ddwy ferch blygu'n nes ato i ddeall. "Alla i ddim cofio."

"Welaist ti Iarll Olaf?" gofynnodd Violet. "Ydy Dr Orwell yn un o'i ddynion e? Ydyn nhw wedi gwneud unrhyw beth i ti?"

"Alla i gofio fawr ddim," meddai Klaus gan ysgwyd ei ben. "Rwy'n cofio torri'n sbectol ac rwy'n cofio Charles yn mynd â fi draw i'r adeilad 'na sy'n edrych fel llygad. Ond fedra i ddim cofio dim mwy. Prin y galla i gofio lle ydw i o gwbl."

"*Klaus bach*!" meddai Violet yn gadarn. "Rwyt ti ym Melin Goed yr Oglau Lwcus, mewn tre o'r enw Tre-bitw. Siawns na fedri di gofio hynny."

Chafwyd 'run ateb. Y cyfan wnaeth Klaus oedd edrych ar ei chwiorydd gyda'i lygaid lled y pen ar agor, fel petai'n edrych ar bysgod diddorol mewn acwariwm neu ar orymdaith liwgar yn mynd heibio.

"Klaus? *Glywaist ti fi?*" gofynnodd Violet. "Rwyt ti yn Melin Goed yr Oglau Lwcus."

Ddywedodd Klaus 'run gair..

"Rhaid ei fod e wedi blino'n lân," meddai Violet wrth Sunny. "Gwely yw'r lle gore i ti," ychwanegodd gan droi at Klaus.

"Iaics!" gwichiodd Sunny, a oedd yn awgrymu nad oedd hi'n siŵr o gwbl beth i'w gredu.

Yna, o'r diwedd, fe siaradodd Klaus. "Ie, syr," meddai'n dawel.

"*Syr?*" ailadroddodd Violet. "Nid syr ydw i – fi yw dy chwaer."

Ond roedd Klaus wedi tewi drachefn a rhoddodd Violet y ffidl yn y to. Gyda Sunny'n dal yn ei breichiau, dechreuodd gerdded yn ôl i'r ystafell gysgu, gyda Klaus yn dilyn yn llipa y tu ôl iddynt. Roedd y lleuad yn dal i ddisgleirio ar ei sbectol newydd, a'r llwch yn dal i chwyrlïo'n ysgafn o gwmpas ei draed, ond ni ddywedodd air. Mor dawel â thri sy'n perfformio meim, cerddodd y Baudelairiaid yn ôl i'r ystafell gysgu ac at y gwelyau bync yn y gornel. Ond pan gyrhaeddon nhw yno, wnaeth Klaus ddim byd ond sefyll yn stond, fel petai wedi anghofio sut i fynd i'r gwely.

"Gorwedd, Klaus," sibrydodd Violet yn dyner.

"O'r gore, syr," atebodd yntau, gan roi ei hun i orwedd ar y gwely gwaelod a rhythu'n barhaus ar eu chwiorydd. Tynnodd Violet y sgidiau oddi am ei draed, ond nid oedd fel petai wedi sylweddoli iddo anghofio eu tynnu ei hun.

"Gawn ni sgwrs iawn yn y bore," meddai Violet. "Yn y cyfamser, cer i gysgu, Klaus."

"O'r gore, syr," meddai Klaus, gan gau ei lygaid yn syth. Sylwodd Violet a Sunny ar y ffordd y crynai cornel ei geg wrth iddo gysgu, yn union fel y gwnaeth ers diwrnod ei eni. Roedd cael Klaus yn ôl gyda nhw'n rhyddhad mawr, wrth gwrs, ond doedd y ddwy chwaer ddim yn gallu mwynhau'r rhyddhad hwnnw fel y dylen nhw. Doedden nhw erioed wedi gweld ei brawd yn ymddwyn mor od. Am weddill y noson, cwtsiodd Violet a Sunny at ei gilydd ar y bync uchaf, gan graffu dros yr ochr yn gyson i gael cip ar Klaus yn cysgu. Doedd dim ots pa mor aml y bydden nhw'n plygu dros erchwyn y gwely i edrych arno, fedrai'r ddwy ddim teimlo'n fodlon bod Klaus wedi dod yn ôl atyn nhw go iawn.

PENNOD

Saith

Os cawsoch chi brofiad annifyr erioed, mae'n siŵr ichi glywed pobl yn dweud wrthych y bydd pethau'n well yn y bore. Lol botes maip, wrth gwrs, achos mae profiad annifyr yn dal yn brofiad annifyr hyd yn oed ar y boreau brafiaf. Er enghraifft, os yw hi'n benblwydd arnoch a'r unig anrheg gewch chi yw eli cael gwared ar ddafaden, dyw clywed rhywun yn dweud wrthych y bydd pethau'n well yn y bore yn werth dim. Bore drannoeth, dyna lle bydd y tiwb o eli wrth ymyl eich gwely, nesaf at y deisen na chawsoch chi mo'r cyfle i'w thorri'r diwrnod cynt.

Un tro, fe ddywedodd fy *chauffeur* wrthyf y byddwn i'n teimlo'n well yn y bore, ond pan ddeffrodd y ddau ohonom y bore drannoeth, roedden ni'n dal ar ynys fechan wedi ein hamgylchynu gan grocodeilod rheibus. Prin fod rhaid imi ddweud wrthych nad oeddwn i'n teimlo fymryn yn well nag yr oeddwn i'r noson cynt. Ac felly roedd hi gyda'r Baudelairiaid.

Y munud y dechreuodd Fforman Fflachotuno daro'i sosbenni, agorodd Klaus ei lygaid gan ofyn ble yn y byd oedd e. A doedd Violet na Sunny ddim yn teimlo fymryn yn well nag yr oedden nhw'r noson cynt chwaith.

"Be sy'n bod arnat ti, Klaus?" gofynnodd Violet.

Edrychodd Klaus yn ofalus ar Violet, fel petai wedi'i chyfarfod unwaith, flynyddoedd yn ôl, ac wedi anghofio'i henw. "Wn i ddim," atebodd. "Rwy'n cael trafferth cofio pethe. Beth ddigwyddodd ddoe?"

"Dyna beth hoffwn i wybod," dechreuodd Violet egluro, ond torrodd y fforman anghwrtais ar ei thraws.

"Codwch, gorachod diog," gwaeddodd hwnnw wrth gerdded draw at y tri. "Dydych chi ddim yma i ladd amser yn siarad. At y gwaith 'na yn syth bìn. Dewch!"

Roedd llygaid Klaus yn llydan agored a chododd ar

ei eistedd. O fewn dim, roedd wedi ufuddhau i'r alwad a dyna lle roedd e'n cerdded at y drws, heb ddweud gair arall wrth ei chwiorydd.

"Dyna be dw i am ei weld," cymeradwyodd Fforman Fflachotuno gan daro'r sosbenni at ei gilydd unwaith eto. "Bant â chi bawb! I'r felin goed!"

Prin eu bod nhw wedi cael cyfle i edrych ar ei gilydd cyn i'r chwiorydd hefyd ruthro ar ôl Klaus a gweddill y gweithlu.

"Ei sgidie!" meddai Violet pan sylwodd arnynt wrth draed gwely Klaus. Cofiodd mai hi oedd wedi gorfod eu tynnu oddi ar ei draed neithiwr, a nawr roedd e wedi mynd hebddynt. Cydiodd ynddynt ar ras er mwyn ceisio cyrraedd ei brawd. Ond roedd yn rhy hwyr. Croesodd hwnnw'r buarth budr yn droednoeth.

"Grwmle!" gwaeddodd Sunny ar ei ôl, ond doedd dim yn tycio.

"Dewch 'mlaen, ferched," meddai Phil. "'Dan ni ar 'i hôl hi'r bore 'ma."

"Rwy'n poeni'n arw am Klaus," meddai Violet wrtho, wrth iddi weld ei brawd yn agor drws y felin a gadael pawb i mewn. "Prin ei fod e wedi siarad gair â ni, a dyw e'n cofio dim byd. Edrych, dyw e ddim hyd yn oed wedi gwisgo'i sgidie."

"Wel, edrychwch ar yr ochr ore," meddai Phil. "Fe ddylen ni orffen y clymu heddiw. Wedyn, fe allwn symud ymlaen i wneud y stampio. Y stampio yw rhan rwydda'r gwaith."

"Dw i ddim yn poeni iot am y *gwaith*," mynnodd Violet. "Poeni am Klaus ydw i!"

"Paid ag achosi trafferth, Violet," meddai Phil wrthi, cyn cyflymu ei gerddediad a'i gadael. Edrychodd y ddwy chwaer ar ei gilydd drachefn, yn isel iawn eu hysbryd. Pa ddewis oedd ganddyn nhw ond i ddilyn Phil ac ymgolli drachefn yng ngwaith y felin goed?

Roedd botwm y peiriant eisoes wedi cael ei wasgu erbyn i'r ddwy gamu i'r felin. Chwyrlïai'r twrw aflafar drwy'r holl le a rhuthrodd Violet i gael lle nesaf at Klaus. Aeth yr oriau heibio wrth iddyn nhw geisio gorffen yr holl waith clymu – ond roedd Violet a Sunny hefyd yn ceisio manteisio ar bob cyfle a gaent i siarad â'u brawd, ond rhwng sŵn y peiriant â'r llinyn ynddo a thwrw sosbenni Fforman Fflachotuno, doedd hynny ddim yn hawdd. I wneud pethau'n waeth, parhau'n ddi-ddweud wnaeth Klaus.

Yna, o'r diwedd, roedd pob pentwr o fyrddau wedi'u clymu'n gymen; diffoddodd Phil y peiriant, a chafodd pawb ei ddogn o wm cnoi i ginio. Achubodd y ddwy chwaer ar y cyfle i gydio yn Klaus a'i lusgo draw i gornel.

"Klaus! Klaus! *Rhaid* iti siarad â fi," mynnodd Violet. "Ti'n codi braw arnon ni. Rhaid iti ddweud wrthon ni beth wnaeth Dr Orwell i ti, fel y gallwn ni dy helpu."

Rhythu'n barhaus ar ei chwiorydd gyda'i lygaid yn agor fwyfwy bob eiliad wnaeth Klaus.

"Sgob!" gwichiodd Sunny.

Ddywedodd Klaus 'run gair. Ni roddodd y gwm yn ei geg. Allai Violet a Sunny wneud dim ond eistedd yn ei ymyl, yn ofid i gyd ac wedi drysu'n lân. Gafaelodd y ddwy amdano i'w gofleidio, fel petai arnyn nhw ofn ei fod ar fin hedfan i ffwrdd. Closiodd y tri at ei gilydd felly tan i Fforman Fflachotuno guro'i sosbenni at ei gilydd unwaith eto, i ddynodi bod yr amser cinio drosodd.

"Amser stampio nawr!" cyhoeddodd, gan ysgwyd ymaith y darnau gwyn o'i wig oedd yn ei lygaid. "Pawb i sefyll mewn rhes. A ti," meddai, gan bwyntio at Klaus. "*Ti* yw'r corrach lwcus sy'n mynd i gael gweithio'r peiriant. Tyrd draw fan hyn i gael cyfarwyddiadau."

"O'r gore, syr," ufuddhaodd Klaus mewn llais tawel. Tynnodd y ddwy ferch anadl ddofn mewn syndod gan edrych ar eu brawd yn eu gadael i fynd at Fforman Fflachotuno.

Trodd Violet at ei chwaer fach a brwsio ymaith ddarn o linyn a oedd wedi'i ddal yng ngwallt y fechan. Gallai gofio fel y byddai ei mam yn gorfod tynnu rhywbeth neu'i gilydd o wallt Sunny drwy'r amser. A gallai hefyd gofio'r addewid a roddodd hi i'w rhieni pan gafodd Sunny ei geni. "Ti yw'r hynaf o blant y Baudelairiaid," roedd ei rhieni wedi dweud wrthi. "Ac fel y plentyn hynaf, ti fydd bob amser yn gyfrifol am edrych ar ôl dy frawd a dy chwaer iau. Wnei di addo y byddi di bob amser yn edrych ar eu holau a'u gwarchod rhag drwg?" Wrth gwrs, pan siaradon nhw â hi fel hyn, fe wyddai Violet yn iawn nad oedd ganddyn nhw syniad yn y byd y byddai'r drwg a ddeuai i ran ei brawd a'i chwaer mor enbydus o ddieflig – ac mae "mor enbydus o ddieflig" yma'n golygu "mor ddrwg ag y mae modd i bethau fod heb droi'n drychineb". Serch hynny, gwyddai nad oedd fiw iddi dorri ei gair i'w rhieni – ddim heb wneud ei gorau glas, ta beth.

Roedd Klaus mewn trwbl, roedd hynny'n amlwg, a theimlai Violet mai ei lle hi oedd ei achub.

Sibrydodd Fforman Fflachotuno rywbeth yng nghlust Klaus, ac aeth yntau draw at y peiriant a oedd wedi'i orchuddio â chyrn simdde a dechrau gweithio'r gwahanol switshys. Nodiodd Fforman Fflachotuno arno, gan fwrw'r sosbenni ynghyd unwaith eto. "Boed i'r stampio ddechrau!" gwaeddodd yn ei lais cras.

Doedd gan Violet a Sunny ddim syniad pa fath o "stampio" oedd ar fin digwydd, ond synhwyrai Violet na fyddai dim byd yn cael ei roi yn y post. (Roedd y pentyrrau o fyrddau llyfn roedden nhw newydd eu clymu at ei gilydd i gyd yn rhy fawr o lawer i fynd trwy flwch llythyron neb.) Daeth y ddwy i ddeall yn ddigon buan mai proses yn debycach i "stampio" llyfr llyfrgell oedd stampio'r felin goed. Byddai'r gweithwyr yn codi pentwr o fyrddau a'u gosod ar fat arbennig cyn i'r peiriant hyrddio'r garreg wastad i lawr ar ben y bwrdd uchaf gyda *stamp!* byddarol, a oedd wedyn yn gadael label mewn inc coch ar y pren, a ddywedai "Melin Goed yr Oglau Lwcus". Yna, roedd angen i bawb chwythu ar yr inc er mwyn ei sychu cyn gynted â phosibl.

Holodd Violet a Sunny eu hunain tybed faint yn elwach fyddai'r rhai a ddefnyddiai'r byrddau pren i godi tai o gael enw'r felin goed yn rhan o'u cartrefi newydd? Ond dirgelwch mwy na hynny yn eu golwg hwy oedd sut gwyddai Klaus sut i weithio'r peiriant mor hawdd? A pham alwodd Fforman Fflachotuno ar eu brawd i weithio'r peiriant, yn hytrach nag ar Phil neu un o'r gweithwyr profiadol eraill?

"Chi'n gweld?" gwaeddodd Phil ar y merched. "Yr holl amser 'na ddoe y buoch chi'n gofidio am Klaus! Mae e'n gweithio'r peiriant 'ma fel y boi. 'Sdim byd yn bod arno."

Stamp!

"Efallai'n wir," atebodd Violet ef yn amheus, gan chwythu ar y llythyren 'L' yn 'Melin' ar yr un pryd.

"Ac fel y dwedais i, stampio yw rhan hawsa'r gwaith mewn melin goed," aeth Phil yn ei flaen. "Mae'ch gwefusau chi'n boenus braidd, oherwydd yr holl chwythu, ond dyna i gyd."

"Wtsh!" meddai Sunny, oedd mwy na thebyg yn golygu "Mae hynny'n wir, ond rwy'n dal i ofidio am Klaus."

"Dyw bywyd byth cynddrwg â'r hyn chi'n 'i feddwl," meddai Phil wedyn. "Mae 'na ochr dda i bopeth …"

Strym-Stram-Strach!

Prin wedi gorffen ei frawddeg oedd Phil pan gafodd ei lorio – gair sy'n aml yn cael ei ddefnyddio i ddynodi fod person wedi "cael ergyd ofnadwy sy'n gwneud i bopeth ddod i stop am sbel", ond sydd yma'n cael ei ddefnyddio i olygu ei wir ystyr yn llythrennol, sef i Phil druan gael "ei daflu i'r llawr".

Roedd rhywbeth erchyll wedi mynd o'i le. Doedd y garreg fawr drom ddim wedi dod i lawr *Stamp!* fel y dylai ar y pentwr o fyrddau. Yn lle hynny, daeth y rhan fwyaf o'r pwysau anferthol i lawr ar y peiriant oedd yn rhyddhau'r llinyn ar gyfer y clymu. Chwalwyd y peiriant hwnnw'n rhacs jibidêrs. Ac am weddill pwysau'r garreg – daeth i lawr ar goes Phil. Dyna pam fod hwnnw wedi syrthio i'r llawr mor ddisymwth, yn welw ac yn chwys i gyd.

Syrthiodd y sosbenni o law Fforman Fflachotuno a rhuthrodd draw at y switshys a oedd yng ngofal Klaus. Rhoddodd hwb i'r crwt o'r ffordd a gwasgodd fotwm i wneud i'r garreg godi eto yn ei hôl. Camodd pawb draw i weld y difrod. Roedd y rhan o'r peiriant a edrychai fel cawell wedi'i ddryllio fel plisgyn ŵy, gyda'r belen anferth o'i fewn yn glymau di-siâp.

Mae di-siâp hefyd yn air da i ddisgrifio coes Phil. Byddai "gwaedlyd, cordeddog, arswydus a chyfoglyd" hefyd yn eiriau addas i ddisgrifio'r olygfa, ond fe wna i ymatal rhag defnyddio'r rheini a defnyddio "di-siâp" yn unig, dwi'n meddwl.

Prin y gallai Violet a Sunny feddwl am air o unrhyw fath wrth edrych arno'n gwenu arnynt trwy'i boen. "Wel, mi fedrai pethau fod yn waeth," meddai wrthynt. "Y goes chwith sydd wedi'i thorri, a'r goes dde yw'r un ore gen i. Rwy wedi bod yn ffodus, a dweud y gwir."

"Go lew!" meddai un o'r gweithwyr eraill. "Petai hynny wedi digwydd i mi, mi fyddwn i'n rhegi a sgrechian dros y lle i gyd."

"Os gall rhywun roi help llaw i mi," meddai Phil, "rwy'n siŵr y galla i fynd yn ôl at 'y ngwaith."

"Paid â siarad mor wirion," dywedodd Violet wrtho. "Rhaid iti fynd i'r ysbyty."

"Ie, Phil," cytunodd un arall o'r gweithwyr. "Fis diwethaf fe gawson ni docynnau oedd yn cynnig triniaeth mewn ysbyty breifat am hanner y pris arferol. Fe wna i roi 'nhocynnau i gyda dy docynnau di. Fydd dim rhaid iti dalu'r un ddimai goch wedyn."

"Ti'n garedig iawn," barnodd Phil gan wenu.

"Mae hyn yn drychineb!" gwaeddodd Fforman Fflachotuno ar draws y ddau. "Y ddamwain waethaf yn holl hanes Melin Goed yr Oglau Lwcus!"

"Na, na, wir, does dim angen i neb bryderu," mynnodd Phil. "Fu gen i erioed fawr i'w ddweud wrth y goes chwith, o ddifri."

"Nid dy goes di yw'r drychineb, yr hen gorrach gwirion â thi," meddai Fforman Fflachotuno'n ddiamynedd. "Peiriant y llinyn! Mi fydd y pris am gael un newydd yn afresymol, mae'n siŵr gen i."

"Beth yw ystyr 'afresymol' 'te?" holodd rhywun.

"Ffurf negyddol y gair 'rhesymol' yw 'afresymol'," dechreuodd Klaus egluro ar ôl agor a chau ei lygaid yn ddramatig o sydyn. "Gallwch ei ddefnyddio mewn sawl ffordd, i olygu 'hurt' neu 'di-synnwyr' neu 'eithafol' neu 'abswrd'. Wrth sôn am bris rhywbeth, mae fel arfer yn golygu 'drud iawn, iawn'."

Edrychodd ei chwiorydd ar ei gilydd. O'r diwedd, roedden nhw'n teimlo ychydig o ryddhad go iawn. "Klaus!" gwaeddodd Violet. "Rwyt ti wedi dechre diffinio geiriau eto."

Edrych yn ddryslyd ar y ddwy wnaeth Klaus i ddechrau, ac yna fe ddywedodd, "Rhaid 'y mod i. Ti'n iawn."

"Sialacw!" udodd Sunny ei boddhad, gan olygu "Ti 'nôl i normal o'r diwedd".

"Beth yn y byd ddigwyddodd?" gofynnodd Klaus ar ôl agor a chau ei lygaid yn ddramatig drachefn.

Roedd fel petai'n gweld yr olygfa o'i flaen am y tro cyntaf.

"Na hidia," sicrhaodd Phil ef o'r llawr, gyda'r poen yn amlwg yn ei lais a'i wyneb. "Cwt bach ar 'y nghoes, 'na i gyd."

"Fedri di ddim cofio beth ddigwyddodd?" gofynnodd Violet mewn syndod.

"Beth ddigwyddodd *pryd*?" gofynnodd Klaus. "O, edrychwch! 'Sgen i ddim sgidie am 'y nhraed."

"Wel, dw *i*'n cofio'n iawn beth ddigwyddodd!" ychwanegodd Fforman Fflachotuno'n chwyrn. "Fe chwalest ti'n peiriant ni! Caiff Syr wybod am hyn yn syth, o caiff! Rwyt ti wedi rhoi diwedd ar y stampio am heddiw! Heddiw, fydd neb yn ennill yr un tocyn!"

"'Dyw hynny ddim yn deg," protestiodd Violet. "*Damwain* oedd hi! A ddylai Klaus erioed fod wedi cael y cyfrifoldeb o weithio'r peiriant yn y lle cyntaf. Chafodd e ddim hyfforddiant o gwbl!"

"Hy! Hyfforddiant, wir!" meddai Fforman Fflachotuno'n ddilornus. "Cod y sosbenni 'na, Klaus!"

Aeth Klaus draw at y sosbenni, ond hanner ffordd

yno penderfynodd Fforman Fflachotuno ailadrodd ei dric o'r diwrnod cynt a gwthiodd ei droed allan jest wrth i Klaus fynd heibio. Mae'n ddrwg gen i orfod dweud wrthych, ond cafodd yr un tric â ddoe yr un effaith â ddoe hefyd. Syrthiodd Klaus yn bendramwnwgl i'r llawr. Llamodd ei sbectol newydd oddi ar ei drwyn. Sgathrodd hon ar hyd llawr garw'r felin. Ac yn fwy trist na dim, yr un fu ei ffawd. Fe'i chwalwyd. Fe'i malwyd. Doedd hi'n werth dim iddo.

"Y sbectol newydd!" bloeddiodd. "Wedi torri. Eto!"

Torrodd chwys oer dros Violet, a chlywai rhyw slywen wleb yn troi a throsi yn ei bol. "Wyt ti'n siŵr na fedri di ei gwisgo hi?"

"Rwy'n siŵr," cadarnhaodd Klaus yn ddiflas, gan ddal y sbectol ddi-siâp, a edrychai fel un o gerfluniau fy ffrind, Tatiana, yn uchel uwch ei ben.

"Wel, wel, wel," barnodd Fforman Fflachotuno. "Dyna esgeulus fuest ti. Gwell iti fynd draw at Dr Orwell unwaith eto."

"Wnawn ni mo'i drafferthu fe eto," torrodd Violet ar draws. "Rwy'n siŵr y galla i drwsio'r rhain …"

"Na, na, na," mynnodd y fforman, ei fwgwd yn gwgu ar draws ei wyneb. "Mae Dr Orwell yn feddyg llygaid go iawn. Alla i ddim gadael dy frawd ar drugaredd amaturiaid."

"O, na," ymbiliodd Violet. Roedd hi'n dal i gofio'r addewid a roddodd hi i'w rhieni. "Os oes rhaid iddo fynd, fe awn ni ag e – Sunny a finne."

"Duwcs!" gwichiodd Sunny, a oedd yn golygu "Syniad da, Violet. Fe awn ni â Klaus at y Dr Orwell 'ma".

"O'r gore, 'te," ildiodd Fforman Fflachotuno, gyda'i lygaid craff yn troi hyd yn oed yn dywyllach nag arfer. "Fe gewch chi i gyd fynd – y tri ohonoch. Rwy'n siŵr y bydd Dr Orwell yn hapus iawn o'ch gweld."

PENNOD
Wyth

Safodd yr amddifad Baudelaire wrth glwyd Melin Goed yr Oglau Lwcus yn gwylio'r ambiwlans a ddaeth i gludo Phil i'r ysbyty preifat yn gwibio heibio. Wrth i'r cerbyd ddiflannu, edrychodd y tri ar arwydd cyfoglyd enw'r felin wedi'i ysgrifennu mewn gwm cnoi drewllyd. Yna, fe drodd y tri eu golygon at gyflwr gwael y palmant ar unig stryd Tre-bitw. Mewn geiriau eraill, crwydrodd eu llygaid i bobman, ar wahân i'r adeilad ar ffurf llygad a safai gyferbyn â hwy.

"Does dim rhaid inni fynd," meddai Violet. "Fe allen ni guddio tan ddaw'r trên nesaf a mynd mor bell i ffwrdd â phosibl. Nawr ein bod ni'n gwybod sut i weithio mewn melin goed, fe allen ni gael gwaith yn rhywle arall."

"Ond beth os daw e o hyd i ni eto?" meddai Klaus, gan geisio gweld wynebau ei chwiorydd. "Fydde neb yno i'n hachub ni rhag Iarll Olaf."

"Ni fydde'n gyfrifol am bopeth wedyn," atebodd ei chwaer fawr.

"Sut allwn ni fod yn gyfrifol am bopeth?" gofynnodd Klaus. "Dim ond babi yw Sunny, a phrin fy mod i'n gallu gweld dim byd."

"Fe lwyddon ni i achub ein hunain o'i afael hyd yn hyn," atgoffodd Violet ef.

"O drwch blewyn yn unig," atebodd Klaus yn chwyrn. "Mae Iarll Olaf wedi bod o fewn dim i gael y gore arnom ni bob tro. Heb sbectol, alla i wneud dim i helpu. Rwy'n meddwl y bydd rhaid inni fynd i weld Dr Orwell a gobeithio'r gore."

Gwichiodd Sunny mewn ofn. Roedd ofn ar Violet hefyd, ond roedd hi'n rhy hen i wichian, ar wahân i pan fyddai hi mewn sefyllfaoedd gwirioneddol anodd. "Y drafferth yw, 'sgynnon ni ddim syniad beth i'w ddisgwyl unwaith y byddwn ni'r ochr arall i'r drws 'na. Tria *feddwl*, Klaus," meddai Violet. "Beth ddigwyddodd iti ddoe?"

"Wn i ddim," oedd ei ateb diflas. "Rwy'n cofio dal pen rheswm 'da Charles a dweud nad oedd angen gweld optegydd arna i. A dw i'n cofio hwnnw'n mynnu bod meddygon a phobl felly'n ffrindiau i blant ..."

"Weli!" gwichiodd Sunny, a oedd yn golygu "Wela i!".

"Beth ddigwyddodd wedyn?" gofynnodd Violet.

Caeodd Klaus ei lygaid a phendroni. "'Sgen i ddim syniad. Ond mae'r ffaith na alla i gofio'n golygu bod rhan o'm ymennydd wedi'i effeithio rywsut. Mae fel petawn i wedi bod yn cysgu o'r eiliad es i i mewn i'r adeilad 'na i'r eiliad y dechreuoch chi siarad â fi yn y buarth yng nghanol y nos."

"Ond nid cysgu oeddet ti," meddai Violet. "Roeddet ti'n cerdded o gwmpas fel *zombie*. Ac yna fe achosaist ti'r ddamwain 'na i Phil."

"Ond fedra i gofio dim," mynnodd Klaus. "Mae fel petawn i ..." Dirywiodd ei lais a rhythodd i'r gofod diderfyn.

"Klaus?" holodd Violet yn ofidus.

"… mae fel petawn i wedi cael fy hypnoteiddio," gorffennodd Klaus ei frawddeg. Edrychodd ar Violet ac yna ar Sunny, a gallai'r ddwy weld ei fod ar ganol datrys y dirgelwch yn ei feddwl ei hun. "Wrth gwrs, fe fyddai hypnosis yn egluro popeth."

"Dim ond mewn ffilmiau arswyd y clywes i erioed sôn am hypnosis," meddai Violet.

"O, na," eglurodd Klaus. "Fe ddarllenais i'r *Gwyddoniadur Hypnoteiddio* y llynedd. Mae'n llawn cofnodion am achosion enwog o hypnoteiddio mewn hanes. Roedd un o hen frenhinoedd yr Aifft yn cael ei hypnoteiddio. Y cyfan fyddai'r hypnotydd yn ei wneud fyddai gweiddi 'Ramses!' a byddai'r brenin yn dynwared iâr o flaen pawb yn y llys."

"Diddorol iawn, dw i'n siŵr," meddai Violet, "ond …"

"Cafodd masnachwr o Tseina a oedd yn byw yng nghyfnod Ymerodraeth Ling ei hypnoteiddio hefyd. Dim ond i'r hypnotydd weiddi 'Mao!', byddai'r creadur yn dechrau canu'r ffidl, er nad oedd e erioed wedi gweld yr offeryn o'r blaen."

"Hanesion rhyfeddol, does dim dwywaith am hynny," ceisiodd Violet ymyrryd, "ond ..."

"Ac yng Nghymru, flynyddoedd maith yn ôl, roedd 'na fardd fyddai'n mynd yn syth i'r llofft i wisgo coban ei hen nain bob tro y bydde hypnotydd yn gweiddi 'Gorsedd!'"

"Ffab!" ebychodd Sunny, a oedd mwy na thebyg yn golygu "Diddorol iawn, ond nid nawr yw'r amser i wrando ar yr hanesion hyn".

"Flin 'da fi'ch diflasu chi," ymddiheurodd Klaus gan wenu, "ond roedd e'n llyfr hynod iawn. Dyna pam rwy'n cofio cymaint ohono."

"Oedd 'na rywbeth yn y llyfr i ddweud sut y gallech chi atal eich hun rhag cael eich hypnoteiddio?" gofynnodd Violet.

Pylodd y wên ar wyneb Klaus. "Na, dim byd," atebodd.

"Gwyddoniadur cyfan am hypnoteiddio, a dim gair am hynny?" gofynnodd Violet fel petai hi'n methu credu'r peth.

"Welish i'r un gair. Ond yr holl hanesion difyr oedd orau gen i," cyfaddefodd Klaus. "Efallai fod sôn am hynny yn y penodau oedd yn swnio'n ddiflas."

Am y tro cyntaf ers iddynt gael eu hel allan o'r felin i fynd at Dr Orwell, edrychodd y Baudelairiaid ar yr adeilad siâp llygad – ac roedd yr adeilad fel petai'n edrych yn ôl ar y Baudelairiaid. Amwys iawn oedd yr adeilad yn nhyb Klaus – ac mae "amwys" yma'n golygu "blob aneglur yr ochr arall i'r stryd". Ond i Violet a Sunny, roedd yn dipyn o arswyd. Fe wydden nhw mai drws oedd y ffurf ddu ar siâp cannwyll y llygad a oedd reit yng nghanol y cyfan. Ond nawr, wrth syllu arno, edrychai fel twll mawr diwaelod a theimlent fel petaen nhw ar fin syrthio i mewn iddo.

"Bydd hyn yn wers imi ddarllen *pob* pennod mewn llyfr o hyn ymlaen," meddai Klaus wrth gerdded yn bwyllog at y drws.

"Dwyt ti ddim am fynd i mewn?" holodd Violet yn anghrediniol – gair sydd yma'n golygu "mewn modd a oedd yn awgrymu ei bod hi'n meddwl bod Klaus yn ffôl iawn".

"Pa ddewis arall sydd?" atebodd yntau'n dawel. Roedd e wedi dechrau ymbalfalu ei ffordd at y drws du – ac mae'r gair "ymbalfalu" yma'n golygu "cripian yn araf gan ddefnyddio'i ddwylo'n ofalus wrth chwilio am rywbeth", sef y drws, wrth gwrs, yn achos Klaus. Ond cyn iddo ymbalfalu dim mwy, rwy'n mynd i dorri ar draws y stori yma i ofyn cwestiwn a fydd yn gwneud ichi grafu eich pen, rwy'n siŵr. Mae'n gwestiwn y mae nifer fawr o bobl wedi'i ofyn, ledled y byd. Mae'r Baudelairiaid eu hunain wedi'i ofyn. Mae Mr Poe wedi'i ofyn. Fe ofynnais innau. A Beatrice, cyn iddi farw fel y gwnaeth hi o flaen ei hamser. A'r cwestiwn hwnnw yw: *Ble mae Iarll Olaf* ?

Os ydych chi wedi dilyn helyntion yr amddifad ers y dechrau, byddwch yn gwybod nad yw Iarll Olaf byth yn bell, yn cynllwynio ac yn creu castiau drwg i geisio dwyn ffortiwn y Baudelairiaid. O fewn diwrnod neu ddau i'r tri phlentyn gyrraedd eu cartref newydd, gallwch fentro'ch enaid y bydd Iarll Olaf a'i ffrindiau atgas yn siŵr o ymddangos. Ond doedd dim sôn amdanynt o gwbl hyd yma. Felly, wrth i'r tri gamu'n wyliadwrus iawn at ddrws swyddfeydd Dr Orwell, rwy'n gwybod y byddwch chi ar bigau'r drain eisiau cael gwybod ble mae'r dihiryn yn llechu. Yr ateb yw: *yn agos iawn*.

Roedd Violet a Sunny wedi helpu eu brawd i fyny'r grisiau, ac roedd ei ymbalfalu yntau wedi dod ag ef bron o fewn cyrraedd y drws pan agorodd hwnnw ohono'i hun. Yno'n sefyll, ar ôl i'r drws agor led y pen, roedd menyw dal mewn côt wen a'r enw "Dr Orwell" ar fathodyn ar ei bron. Roedd ganddi wallt melyn, wedi'i dynnu'n belen dynn ar ei gwar. Bŵts mawr du oedd ganddi am ei choesau, ac yn ei llaw cariai gansen gyda charreg ddisglair goch ar ei phen.

"Wel, helô, Klaus," meddai Dr Orwell, gan amneidio'i phen i gyfeiriad y tri phlentyn. "Do'n i ddim yn disgwyl dy weld yn ôl mor fuan. Paid â dweud bod dy sbectol newydd wedi torri hefyd?"

"Do, yn anffodus," meddai Klaus.

"Hen dro!" meddai Dr Orwell. "Ond trwy lwc, ychydig iawn o apwyntiadau sy gen i heddiw. Tyrd i mewn ac fe wna i'r holl brofion sydd eu hangen."

Edrychodd yr amddifaid ar ei gilydd yn nerfus. Nid dyma oedd ei syniad nhw o Dr Orwell o gwbl. Roedden nhw wedi disgwyl gweld rhywun llawer iawn mwy sinistr yr olwg – Iarll Olaf, neu un o'i gyd-weithwyr annymunol, efallai. Roedden nhw hyd yn

104

oed wedi dychmygu cael eu cipio y munud y cament i mewn i'r adeilad anarferol – gan ddiflannu am byth. Ond yn lle hynny, yr hyn oedd o'u blaenau oedd gwraig broffesiynol yr olwg yn eu gwahodd i mewn.

"I mewn â chi," meddai, gan ddangos y ffordd gyda'i chansen ddu. "Mae Shirley, y ferch sy'n gweithio yn y dderbynfa, wedi gwneud bisgedi cartre. Mwynhewch y rheini, ferched, tra bydda i'n paratoi pâr o sbectol newydd i Klaus. Chymrith hi ddim cymaint o amser â ddoe."

"Fydd Klaus yn cael ei hypnoteiddio?" mynnodd Violet wybod.

"Ei hypnoteiddio?" ailadroddodd Dr Orwell yn smala. "Mawredd Dad, na fydd. Dim ond mewn hen ffilmiau arswyd fydd pobl yn cael eu hypnoteiddio."

Fe wyddai'r plant yn wahanol, wrth reswm, ond os taw dyna oedd barn Dr Orwell, y tebygolrwydd oedd nad oedd hi'n hypnotydd. Dyna oedden nhw am ei gredu, p'run bynnag, wrth ddilyn Dr Orwell drwy gyntedd gyda llawer o dystysgrifau meddygol ar y wal.

"Fe ddywedodd Klaus wrtha i ei fod e'n dipyn o

ddarllenwr," meddai'r doctor. "Ydych chi'ch dwy'n hoff o lyfrau hefyd?"

"O, ydan," atebodd Violet. Roedd hi'n dechrau ymlacio nawr. "Pob cyfle gawn ni."

"Tybed ddaethoch chi erioed ar draws yr ymadrodd 'Haws dofi mul efo moron na phastwn'?" gofynnodd Dr Orwell.

"Tismo," atebodd Sunny, a oedd mwy na thebyg yn golygu "'Sa i'n credu!".

"A bod yn onest 'da chi, dw i ddim wedi darllen fawr am fulod," meddai Violet.

"Wel, does gan yr ymadrodd fawr ddim i'w wneud â mulod, a dweud y gwir," eglurodd Dr Orwell. "Mae'n fwy ffigurol na llythrennol. Y cyfan mae e'n ei olygu yw ei bod hi fel arfer yn well i chi ymddwyn yn garedig er mwyn cael eich ffordd, yn hytrach nag ymddwyn mewn ffordd gas. Wedi'r cyfan, mi fydd y mul eisiau'r foronen ac yn fwy na pharod i gydweithredu er mwyn ei chael. Ond os yw'r creadur yn cael ei fwrw 'da'r pastwn, mae e'n fwy tebyg o droi'n styfnig."

"Diddorol iawn," meddai Klaus, gan ofyn iddo'i

hun beth oedd ystyr hyn i gyd.

"Mae'n siŵr eich bod chi'n tybio beth yw ystyr hyn i gyd," meddai Dr Orwell, gan oedi o flaen drws gyda'r geiriau "Ystafell Aros" arno. "Ond rwy'n meddwl y daw popeth yn glir i chi yn fuan iawn. Nawr, Klaus, dilyna di fi i'r swyddfa ac fe gewch chi ferched aros yma." Gallai weld fod y ddwy ferch yn petruso, ac ychwanegodd, "Munud neu ddwy fyddwn ni, wir i chi."

"Wel, o'r gore 'te," cytunodd Violet, a chododd ei llaw ar ei brawd wrth iddo ddilyn yr optegydd i lawr y coridor. Yna, gwthiodd y drws ar agor a gweld ar amrantiad bod Dr Orwell yn llygad ei lle. Roedd popeth nawr yn glir iawn iddi.

Ystafell fechan oedd yr ystafell aros. Edrychai fel y rhan fwyaf o ystafelloedd aros. Roedd yno soffa a chwpl o gadeiriau, a hen gylchgronau'n bentwr ar fwrdd bychan. Ac roedd yno ferch yn eistedd wrth ddesg.

Gallai Sunny a Violet dderbyn y dodrefn a'r cylchgronau a maint yr ystafell i'r dim. Yr hyn nad oedd at eu dant oedd y ferch. Er bod yr enw "Shirley" wedi'i ysgrifennu ar arwydd o'i blaen, gwyddai'r ddwy chwaer yn syth nad oedd hon yn debyg i'r un Shirley arall yn y byd. Doedd dim byd yn anghyffredin am y pâr o sgidiau brown call am ei thraed na'r ffrog ysgafn a wisgai, ond roedd y ddau lygad disglair, disglair a sgleiniai o dan y wig ar ei phen yn anghyffredin iawn – ac eto'n gyfarwydd iawn, iawn i'r ddwy. Trwy fod yn garedig a chwrtais, roedd Dr Orwell fel y foronen y soniodd hi amdani, wedi eu dofi a'u denu i mewn i'r trap. Bu hynny'n llawer iawn mwy effeithiol na defnyddio pastwn i'w curo. Trist yw dweud, y tro hwn, i'r tri amddifad ymddwyn fel tri mul. Ac roedd Iarll Olaf, a'i wên ddieflig, wedi'u dal o'r diwedd.

PENNOD

Naw

"*Diffyg* hunan-barch" sy'n aml yn cael y bai pan fydd plant yn mynd i drwbl. Ystyr hyn yw fod y plant hynny'n meddwl nad ydyn nhw o unrhyw werth. Ym marn rhai, dyna pam fod plant drwg yn camfihafio. Efallai fod plant o'r fath yn meddwl eu bod nhw'n salw, neu'n dwp, neu'n anniddorol i bobl eraill. Neu ryw gyfuniad o ddiffygion tebyg.

Nawr, rwy'n siŵr y gallwch chi dychmygu pa mor hawdd fyddai hi i chi fynd i drwbl petaech chi'n meddwl felly drwy'r amser. Ond yn y rhan fwyaf o achosion, pan fydd plant

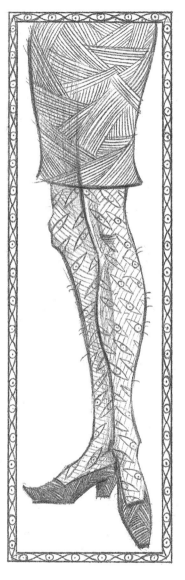

yn mynd i drwbl, does gan "ddiffyg hunan-barch" ddim byd i'w wneud â'r peth. Nid pa werth mae plentyn yn ei roi arno'i hun sy'n peri iddo fynd i drwbl, fel arfer. Achos y trwbl fydd beth bynnag sy'n trwblu'r plentyn – pa bynnag anghenfil, neu berson, neu sefyllfa sy'n amharu arno, neu arni.

Ac felly roedd hi wrth i Violet a Sunny Baudelaire syllu ar Iarll Olaf – neu, fel y mynnai'r arwydd, "Shirley". Doedd y naill na'r llall ohonyn nhw'n dioddef o ddiffyg hunan-barch. Fe wyddai Violet y gallai wneud pethau'n iawn, achos roedd hi wedi creu nifer o ddyfeisiadau oedd wedi gweithio'n effeithiol. Fe wyddai Sunny nad oedd hi'n anniddorol i bobl eraill, achos roedd ei brawd a'i chwaer yn cymryd diddordeb ym mhopeth roedd hi'n ei wneud. A gwyddai'r ddwy nad oedden nhw'n hyll, achos roedd wynebau hyfryd y ddwy wedi eu hadlewyrchu yn llygaid sgleiniog, sgleiniog Iarll Olaf. Ond, gwaetha'r modd, doedd eu hunan-barch yn werth dim iddynt yr eiliad hon. gwaetha'r modd. Roedden nhw wedi eu dal.

"Wel, helô ferched bach," meddai Iarll Olaf mewn

llais chwerthinllyd o uchel, fel petai e'n fenyw go iawn yn hytrach na thwyllwr diegwyddor oedd am ddwyn ffortiwn y Baudelairiaid. "A beth yw'ch enwau chi 'te?"

"'Dach chi'n *gwybod* ein henwau ni'n barod," atebodd Violet yn swta – gair a ddefnyddir fan hyn "i ddangos ei hatgasedd tuag at wiriondeb Iarll Olaf". "Dyw'r wig a'r sgidie call ddim yn ddigon i'n twyllo ni. Iarll Olaf 'dach chi."

"'Dach chi'n camgymryd, mae arna i ofn," meddai'r dyn yn y ffrog. "Shirley ydw i. Ylwch. Mae'r enw ar yr arwydd bach 'ma."

"Ffrwt!" gwichiodd Sunny'n ddilornus, achos roedd hi'n gwybod nad oedd enw ar arwydd o reidrwydd yn golygu dim.

"Mae Sunny'n iawn," cytunodd Violet. "Dyw rhoi enw ar ddarn o bren yn golygu dim."

"Fi yw Shirley am mai Shirley yw'n enw i," mynnodd Iarll Olaf. "Mae'n anghwrtais iawn i beidio â 'nghalw wrth fy enw."

"Dyw bod yn anghwrtais tuag at berson atgas fel chi yn poeni dim arna i," meddai Violet.

Ysgwyd ei ben wnaeth Iarll Olaf. "Os 'dach chi'n mynnu bod yn anghwrtais tuag ata i," meddai, "mae'n bosibl y bydda *i*'n anghwrtais tuag atoch chithau. Er enghraifft, fe allwn i dynnu dy wallt o gorun dy ben â'm dwylo noeth."

Edrychodd Violet a Sunny ar ddwylo Iarll Olaf am y tro cyntaf. Roedd e wedi tyfu'i ewinedd yn hir a'u peintio nhw'n binc llachar fel rhan o'i guddwisg. Llyncodd y ddwy eu poer, achos edrychai'r ewinedd hynny'n finiog iawn.

"Felly mae'i dallt hi, ife, *Shirley?*" gofynnodd Violet. "'Dach chi wedi bod yn llechu o gwmpas Tre-bitw drwy'r amser?"

Cododd Shirley ei llaw at ei thalcen, gan gogio tacluso'r wig. "Digon posib," atebodd, yn ei llais merchetaidd gwirion.

"A 'dach chi wedi bod yn cuddio fa'ma yn yr adeilad siâp llygad drwy'r amser?"

Caeodd Shirley ei llygaid yn ddramatig o ffals a sylwodd Violet a Sunny fod Shirley, o dan yr un ael hir a groesai'r ddau lygad – un arall o nodweddion hynod Iarll Olaf – yn gwisgo blew amrannau ffug. "Efallai," atebodd.

"A 'dach chi a Dr Orwell yn cynllwynio ar y cyd?" aeth Violet yn ei blaen. "Dyna'r gwir, yntefe?"

"Hwyrach, wir," atebodd Shirley, gan groesi'i choesau i ddangos y sanau gwyn a wisgai â phatrwm llygad arnynt.

"Creics!" gwichiodd Sunny.

"Yr hyn mae Sunny'n 'i feddwl," eglurodd Violet, "yw i Dr Orwell hypnoteiddio Klaus ac achosi'r ddamwain ofnadwy 'na. Rwy'n iawn, yntydw i?"

"Posib iawn," atebodd Shirley.

"Ac mae e'n cael ei hypnoteiddio eto, y munud 'ma?" gofynnodd Violet.

"Dyw dweud hynny ddim yn gelwydd," ildiodd Shirley.

Curai calonnau Violet a Sunny yn galed wrth i'r ddwy edrych ar ei gilydd. Cydiodd Violet yn llaw ei chwaer fach a chamodd y ddwy'n ôl i gyfeiriad y drws. "A nawr 'dach chi'n mynd i'n cipio ni, yntydych?"

"Nac'dw, siŵr," meddai Shirley. "Rwy'n mynd i gynnig bisgïen i chi, fel arwydd o groeso."

"Wyddoch chi ddim beth yw ystyr estyn croeso i neb!" llefodd Violet.

"Ydw, siŵr," meddai Shirley. "Rwy'n gweithio yn y dderbynfa. Rwy'n croesawu pobl yma. Rwy'n unig ac yn byw ar fy mhen fy hun. Ac rwy'n dyheu am gael magu plant. Tri o blant, a bod yn fanwl gywir. Hen jaden hollwybodol, bachgen wedi'i hypnoteiddio a babi sy'n cnoi."

"Wel, nid ni fyddan nhw," meddai Violet. "'Dan ni eisoes yn cael ein magu gan Syr."

"O, mi fydd hwnnw wrth ei fodd o gael eich pasio chi i 'ngofal i," honnodd Shirley, a'i llygaid disglair yn pefrio.

"Peidiwch â bod mor af –," meddai Violet, ond stopiodd ar hanner brawddeg. Roedd hi wedi bwriadu dweud "afresymol". Roedd hi wedi bwriadu dweud "Peidiwch â bod mor afresymol. Fydde Syr byth yn gwneud peth felly." Ond yn sydyn, doedd hi ddim mor siŵr. Wedi'r cwbl, roedd Syr eisoes wedi gorfodi iddi hi, ei brawd a'i chwaer gysgu mewn gwelyau bync, gweithio mewn melin beryglus, a'u bwydo â gwm cnoi. Er cymaint roedd hi am gredu na fyddai Syr byth yn eu rhoi nhw i Shirley, roedd rhywbeth y tu mewn iddi'n amau hynny. Taw piau hi, meddyliodd – sy'n ymadrodd da iawn i'w gofio pan fyddwch chi ddim yn gwbl, gwbl siŵr o'ch pethau.

"Af?" meddai llais y tu ôl iddynt. "Beth yn y byd yw ystyr 'af'?"

Trodd y merched, a dyna lle roedd Dr Orwell yn arwain Klaus i mewn i'r ystafell aros. Ar ei drwyn roedd sbectol newydd sbon, ond edrychai'n ddryslyd iawn.

"Klaus!" bloeddiodd Violet. "Ti'n iawn?" Ond gwyddai'n syth na ddylai ddisgwyl ateb. Ar ei wyneb roedd yr un olwg ryfedd oedd ar ei wyneb y noson cynt, ar ôl ei apwyntiad cyntaf gyda Dr Orwell. Ei lygaid yn llydan, llydan agored a'i wên fel petai'n dod o bell i gyfarch pobl nad oedd e'n eu hadnabod yn dda iawn. "O, Klaus. Ti wedi cael dy …"

"'Cael dy …' beth?" holodd Shirley'n wawdlyd. "Ar ôl yr 'af' 'dan ni nawr yn 'cael dy …'. Wn i ddim, wir! Dim ond pobl dwp iawn sy'n methu gorffen eu geiriau a'u brawddegau."

"Ydyn, maen nhw'n dwp, on'd 'yn nhw?" cytunodd

Dr Orwell, fel petaen nhw'n sôn am y tywydd yn hytrach na gwawdio plant.

"'Dach chi yn llygad eich lle, Dr Orwell," meddai Shirley.

"Galwch fi'n Georgina, plis," meddai'r optegydd gwrthun. "Nawr 'te, ferched, dyma'ch brawd yn ei ôl. Mae e wedi blino braidd ar ôl ei driniaeth, ond fe fydd e'n iawn yfory. Yn fwy na 'iawn', fe fydd yn ardderchog. Fe wyddoch chi'r ffordd allan." A chyda hynny, fe bwyntiodd blaen y gansen at y drws.

"Fedra i ddim cofio dod i mewn yma," meddai Klaus yn ddryslyd.

"Ymateb cyffredin iawn ar ôl ymweld â'r optegydd," meddai Dr Orwell yn ddigyffro. "Nawr, bant â chi, 'na blant da."

Cydiodd Violet yn llaw ei brawd a throi'n ddiolchgar i gyfeiriad y drws. "Gawn ni fynd? Go iawn?" gofynnodd.

"Wrth gwrs," meddai Dr Orwell. "Ond rwy'n siŵr y bydd fy nerbynwraig a minnau'n eich gweld chi eto'n fuan. Mae hyn bron yn anorfod, o gofio bod Klaus mor drwsgl wrth ofalu am ei sbectol. Yr holl ddamweiniau 'ma!"

"Sglwbsh!" gwrthwynebodd Sunny. Mwy na thebyg mai'r hyn roedd hi am ei ddweud oedd "Nid damweiniau ydyn nhw o gwbl! Chi sy'n ei hypnoteiddio drwy'r amser!" Ond p'run bynnag, doedd y ddeuawd ddieflig, Shirley a Georgina, ddim am dalu unrhyw fath o sylw yn y byd.

"Twdl-pip!" oedd yr unig ymateb gan Shirley, gan chwifio'i hewinedd main i'w cyfeiriad. Klaus oedd yr unig un o'r tri i godi llaw yn ôl arni.

"Sut fedret ti godi llaw arni?" gofynnodd Violet iddo wrth ei dywys ef a Sunny yn ôl ar hyd y cyntedd.

"Mae'n edrych fel dynes ddymunol iawn," atebodd Klaus. "Rwy'n meddwl 'mod i wedi cwrdd â hi yn rhywle o'r blaen."

"Garllog!" gwichiodd Sunny ac ystyr hynny yn ddi-os oedd "Iarll Olaf yw e, wrth gwrs!"

"O, Klaus," meddai Violet yn ddiflas. "Ro'n i a Sunny'n dal pen rheswm 'da Shirley pan ddylen ni fod wedi bod yn dy achub di. Ti wedi cael dy hypnoteiddio eto. Rwy'n siŵr o hynny. Ceisia gofio beth wnaeth y fenyw 'na i ti."

"Dorres i'n sbectol eto," meddai Klaus yn araf. "Yna, fe wnaethon ni adael y felin goed … Wyddost ti be? Dw i wedi blino'n lân, Veronica."

"*Veronica*!" protestiodd Violet. "Violet yw'n enw i, nid Veronica."

"Ddrwg gen i," meddai Klaus. "Ond mae blinder mawr arna i."

Agorodd Violet y drws allanol a chamodd y tri i stryd ddiflas Tre-bitw. Oedodd Violet a Sunny am eiliad gan gofio'r diwrnod pan wnaethon nhw gamu oddi ar y trên am y tro cyntaf. Pan welon nhw'r adeilad ar ffurf llygad, roedden nhw wedi synhwyro drygioni, ond fe ddywedon nhw wrth ei gilydd am beidio â phoeni. Gresynai'r ddwy ferch nawr nad oedden nhw wedi talu mwy o sylw i'w hofnau.

"Gwell inni fynd â fe'n ôl i'r ystafell gysgu," meddai Violet wrth Sunny. "Wn i ddim beth arall allwn ni 'i wneud ag e fel hyn. Wedyn, bydd raid inni egluro'r cyfan i Syr gan gobeithio y bydd e'n barod i'n helpu."

"Gore!" cytunodd y fechan yn bwdlyd. Ac ar hynny, arweiniodd y chwiorydd Klaus drwy glwyd

fawr bren y felin goed ac ar draws y buarth mochaidd i'r ystafell gysgu. Roedd hi bron yn amser swper bellach, ac eisteddai'r gweithwyr eraill ar eu gwelyau yn siarad ymysg ei gilydd.

"Chi'n ôl 'te, odych chi?" meddai un o'r gweithwyr. "Fi'n synnu'ch bod chi'n gallu dangos eich wynebe rownd ffordd hyn ar ôl beth wn'ethoch chi i Phil."

"Nawr, nawr, chware teg," meddai Phil, a phan drodd y plant rownd, dyna lle roedd e ar ei wely, a'i goes mewn plastar. "Ar ddamwain ddigwyddodd e, yntefe, Klaus?"

"Ddigwyddodd beth?" holodd Klaus mewn dryswch.

"Mae e wedi blino'n lân," ychwanegodd Violet yn gyflym. "Sut wyt ti, Phil?"

"Perffaith, diolch," atebodd hwnnw. "Tipyn bach o boen yn dal yn y goes, wrth gwrs. Ond ar wahân i hynny, rwy'n iawn. Fe fues i'n lwcus iawn, a dweud y gwir. Ond dyna ddigon amdana i. Mae 'da fi nodyn fan hyn ar eich cyfer chi. Nodyn pwysig iawn, medde Fforman Fflachotuno."

Estynnodd Phil amlen i Violet gyda'r gair

"Baudelairiaid" ar y blaen, yn union fel y nodyn croeso dderbyniodd y tri ar eu diwrnod cyntaf. Yn yr amlen, roedd y neges hon:

Neges

I sylw: Yr Amddifaid Baudelaire

Oddi wrth: Syr

Pwnc: Damwain Heddiw

Rwy'n cael ar ddeall i chi achosi damwain yn y felin heddiw – damwain achosodd niwed i un o'r gweithwyr ac a amharodd ar rediad y gwaith. Gweithwyr gwael sy'n achosi damweiniau, a does dim lle iddyn nhw ym Melin Goed yr Oglau Lwcus. Os byddwch chi'n parhau i achosi damweiniau, bydd raid imi'ch diswyddo a'ch gorfodi i fyw yn rhywle arall. Fe ddois i o hyd i ferch ifanc hyfryd sy'n byw yn y dref fyddai'n fodlon mabwysiadu'r tri ohonoch. Shirley yw ei henw ac mae'n gweithio yn nerbynfa'r optegydd. Byddaf yn rhoi y tri ohonoch dan ei gofal os byddwch yn parhau i fod yn weithwyr gwael.

Darllenodd Violet y nodyn yn uchel i'w brawd a'i chwaer, ond wyddai hi ddim ymateb pa un oedd waethaf ganddi. Pan glywodd Sunny'r newyddion drwg, cnodd ei gwefus mewn gofid. Oherwydd bod ei dannedd mor finiog, diferodd dafnau o waed i lawr ei gên ac roedd hynny'n beth drwg. Ond doedd Klaus ddim fel petai e wedi clywed Violet yn darllen y nodyn o gwbl. Rhythodd i'r gofod, ac roedd gweld hynny hefyd yn beth drwg. Efallai fod hynny hyd yn oed yn waeth. Wrth roi'r nodyn yn ôl yn ei amlen, fedrai Violet ddim penderfynu beth yn y byd i'w wneud.

"Newyddion drwg?" holodd Phil yn llawn cydymdeimlad. "Cofia nad yw pob newyddion drwg wastad cynddrwg ag y mae'n ymddangos ar yr olwg gyntaf."

Ceisiodd Violet wenu ar y sylw bach optimistaidd hwnnw, ond roedd y cyhyrau fyddai wedi rhoi gwên ar ei hwyneb yn gwrthod gweithio, rywsut. Gwyddai ond yn rhy dda nad oedd fawr o newyddion da i'w ddisgwyl gydag Iarll Olaf o gwmpas. "Bydd raid imi weld Syr ynglŷn â hyn," meddai wrtho.

"Chewch chi ddim gweld Syr heb apwyntiad," meddai Phil.

"Mae hyn yn argyfwng," eglurodd Violet. "Dere, Sunny. A tithe, Klaus…" Ond wrth iddi droi at ei brawd, y cyfan a welai Violet oedd ei ddau lygad mawr yn llydan agored. Meddyliodd am y ddamwain roedd e eisoes wedi'i hachosi, ac yna cofiodd am holl warchodwyr eraill y Baudelairiaid a oedd eisoes wedi'u dinistrio. Fedrai hi ddim dychmygu y gallai Klaus byth lofruddio pobl mewn ffordd mor ysgeler ag y gwnâi Iarll Olaf, ond fedrai hi ddim bod yn berffaith siŵr o hynny chwaith. Ddim â'i brawd wedi'i hypnoteiddio.

"Plop!" meddai Sunny am ei brawd.

"Ti'n hollol iawn," cytunodd Violet. "'Sdim gobaith cael Klaus i ddod gyda ni. Phil, wnei di gadw llygad arno fe, os gweli di fod yn dda, tra bo ni 'da Syr?"

"Wrth gwrs," atebodd Phil.

"*Llygad barcud*," pwysleisiodd Violet wedyn gan wneud yn siŵr fod Klaus yn gorwedd yn gysurus ar y bync. "Dyw e ddim wedi bod yn rhy dda'n ddiweddar, fel ti'n gwybod yn iawn. Gofala na ddaw unrhyw niwed iddo."

"Siŵr o wneud," addawodd Phil.

"Nawr, ceisia gysgu, Klaus," siarsiodd Violet ei brawd. "A gobeithio y byddi di'n well yn y bore."

"Iep!" ychwanegodd Sunny, oedd yn siŵr o fod yn golygu "A dw inne'n gobeithio hynny hefyd".

Edrychai Klaus fel petai am gysgu wrth iddo orwedd yno'n freuddwydiol. Yna, sylwodd y merched ar ei draed. Roedden nhw'n fudr ofnadwy ar ôl iddo fod yn droednoeth drwy'r dydd. "Nos da, Violet," meddai Klaus. "Nos da, Susan."

"*Sunny*," cywirodd Violet ef. "Nid Susan."

"Wps! Flin gen i," meddai Klaus. "Rwy jest mor flinedig. Wyt ti wir yn meddwl y bydda i'n well erbyn y bore?"

"Gobeithio y byddi di'n ddigon lwcus i gysgu drwy'r nos," meddai Violet. "Wedyn, gawn ni weld."

"O'r gore, syr," meddai Klaus yn dawel wrthi, gan syrthio i gysgu'n syth. Gwnaeth hithau'n siŵr fod y blanced wedi'i lapio'n dynn amdano a safodd i edrych arno am eiliad, gyda'r gofid yn amlwg yn ei llygaid.

Yna, cydiodd Violet yn llaw Sunny, a chan wenu ar Phil wrth fynd heibio cerddodd ar draws yr ystafell gysgu ac allan i'r buarth. Croesodd hwnnw ac aeth drwy'r drws a oedd yn arwain at y swyddfeydd. Dyna lle roedd y drych ar y wal, ond thalodd y chwiorydd 'run sylw iddo'r tro hwn. Yn lle hynny, aethant yn syth at y drws a churo arno.

"Dewch i mewn!" Fe wyddai'r plant llais pwy oedd e. Llais Syr. Fe agoron nhw'r drws yn nerfus a chamu i mewn i weld bod Syr yn dal i bwffian ar sigâr. Eisteddai wrth ddesg enfawr o bren tywyll, tywyll ond doedd dim modd gweld ei wyneb. Yn gorchuddio'r ddesg roedd pentyrrau o bapur ac arwydd gyda'r geiriau "Y Bòs" arno â'r llythrennau wedi'u gwneud o gwm cnoi pydredig, yn union fel yr arwydd ar wal y felin goed.

Un golau gwan oedd yn yr ystafell i gyd, sef y lamp ar ddesg Syr. Yn sefyll yn ymyl honno roedd Charles, a gwenodd yntau'n wan ar y plant wrth i'r ddwy ferch gamu'n nes at eu gwarchodwr.

"Oes 'da chi apwyntiad?" gofynnodd Syr.

"Na," meddai Violet, "ond mae'n bwysig iawn 'mod i'n cael gair 'da chi."

"Fi sydd i benderfynu beth sy'n bwysig yma!" cyfarthodd Syr. "Weli di'r arwydd yna? Mae'n dweud 'Y Bòs', a dyna pwy ydw i! Pan ddyweda i fod rhywbeth yn bwysig, dyna pryd mae e'n bwysig. Dallt?"

"I'r dim, Syr," meddai Violet. "Ond rwy'n meddwl y byddwch chi'n cytuno â mi unwaith imi egluro i chi yr hyn sydd wedi bod yn mynd ymlaen."

"Mi wn i'n *iawn* be sydd wedi bod yn mynd ymlaen," meddai Syr. "Fi yw'r Bòs. Chawsoch chi mo'r nodyn anfonais i atoch chi ynghylch y ddamwain?"

Tynnodd Violet anadl ddofn cyn edrych i'r rhan benodol o'r mwg lle roedd hi'n tybio oedd llygaid Syr. "Fe ddigwyddodd y ddamwain am fod Klaus wedi cael ei hypnoteiddio," dywedodd wrtho.

"Dyw'r hyn mae'r crwt yn ei wneud yn ei amser hamdden o ddim diddordeb i mi," meddai Syr. "Ond does dim esgus dros ddamweiniau."

"Dydych chi ddim yn deall, Syr," aeth Violet yn ei blaen. "Cafodd Klaus ei hypnoteiddio gan Dr Orwell, sy'n gweithio gydag Iarll Olaf nawr."

"O, na," ebychodd Charles. "Blantos bach! Rhaid inni roi terfyn ar hyn ar unwaith, Syr."

"Rwy'n rhoi terfyn ar hyn y munud 'ma," mynnodd Syr. "Os na allwch chi blant weithio yma'n ddiogel, dyna fydd diwedd eich arhosiad yn y felin goed."

"O, Syr!" gwaeddodd Charles. "Fedrwch chi ddim taflu plant bach allan i'r stryd."

"Na, wrth gwrs," meddai Syr. "Fel yr eglurais i yn y nodyn, rwy wedi cwrdd â merch ifanc hyfryd iawn fydde wrth ei bodd yn cymryd y plant. Mae hi wastad wedi bod eisiau plant, medde hi."

"Palsh!" gwaeddodd Sunny.

"Iarll Olaf yw hi," gwaeddodd Violet.

"Ydw i'n edrych fel ffŵl, deudwch?" holodd Syr. "Fe ges i ddisgrifiad llawn o'r boi Olaf 'ma gan Mr Poe, a dyw'r wraig ifanc 'ma sy'n gweithio fel derbynwraig yn edrych dim byd tebyg iddo."

"Edrychoch chi am y tatŵ?" gofynnodd Charles. "Mae gan Iarll Olaf datŵ ar ei bigwrn, on'd oes?"

"Paid â bod mor wirion, Charles," atebodd Syr. "Anghwrtais iawn fydde mynd i edrych yn fanwl ar bigwrn merch ifanc ddeniadol."

"Ond nid merch ifanc ddeniadol yw e o gwbl!" ffrwydrodd Violet. "Yw *hi*, rwy'n 'i feddwl. Iarll Olaf yw'r person yna, a dyna ddiwedd arni."

"Fe welais i'r arwydd sydd ganddi ar y ddesg," meddai Syr. "Nid 'Iarll Olaf' sydd wedi'i sgwennu arno, ond 'Shirley'."

"Ffiti!" gwichiodd Sunny. Roedd hi'n ceisio dweud unwaith eto nad oedd enw ar arwydd yn profi dim, ond cyn i Violet gael cyfle i egluro hynny i'r ddau ddyn, fe ddyrnodd Syr y ddesg o'i flaen.

"Hypnosis! Iarll Olaf! Ffiti! Dw i wedi cael digon ar yr holl esgusodion!" bloeddiodd. "Eich gwaith chi blant yw gweithio'n galed yn y felin goed, nid achosi damweiniau. Mae gen i ddigon ar 'y mhlât heb orfod poeni am blant anystywallt."

Petai Klaus wedi bod yno, fe fyddai mwy na thebyg wedi egluro i Violet mai ystyr "anystywallt" yw "gwyllt ac anodd i'w reoli". Ond doedd e ddim yno, a doedd ganddi ddim amser i'w wastraffu. "Wel, beth am ffonio Mr Poe, 'te?" aeth yn ei blaen. "Mae e'n gwybod popeth am Iarll Olaf."

"Wyt ti'n disgwyl imi wastraffu mwy o amser ar alwadau ffôn drud? Ar ben yr holl gostau gofalu amdanoch chi?" gofynnodd Syr. "Fe geisia i siarad mor syml â phosib: os cawn ni fwy o giamocs 'da chi'ch tri, fe gewch chi'ch rhoi yng ngofal Shirley. Dallt?"

"Nawr, Syr!" meddai Charles. "Plant yw'r rhain, chi'n gwybod? Nid dyna'r ffordd i siarad â nhw. Yn 'y marn i, ddylen nhw erioed fod wedi cael eu rhoi i weithio yn y felin. Fe ddylen nhw gael eu trin fel aelodau o'r teulu."

"Maen nhw *yn* cael eu trin fel aelodau o'r teulu," mynnodd Syr. "Mae gen i sawl cefnder yn byw yn yr ystafell gysgu 'na. Ond dw i ddim am ddal pen rheswm 'da ti, Charles. Dy waith di yw smwddio a choginio, nid esgus mai ti yw'r bòs."

"Digon gwir," cytunodd Charles. "Flin gen i!"

"Nawr, ewch o 'ma, bawb," gorchmynnodd Syr. "Mae gen i waith i'w wneud."

Agorodd Sunny ei cheg, ond gwyddai mai ofer fyddai dweud gair. Meddyliodd Violet am ddadl dda arall i'w gosod gerbron, ond gwyddai mai gwastraffu ei hanadl fyddai hi. Cododd Charles fys i'r awyr, fel petai e am godi cwestiwn, ond sylweddolodd yn syth na thalai hynny ddim. Taw piau hi, meddyliodd y tri, a bant â nhw o olwg Syr.

"Peidiwch â phoeni," sibrydodd Charles, unwaith y cyrhaeddon nhw'r cyntedd. "Fe wna i'ch helpu chi."

"Sut?" sibrydodd Violet yn ôl. "Wnewch chi ffonio Mr Poe a dweud wrtho bod Iarll Olaf yn y dref?"

"Bosg?" Yr hyn roedd Sunny'n ceisio'i ofyn oedd "Wnewch chi drefnu i Dr Orwell gael ei harestio?"

"Wnewch chi'n cuddio ni rhag Shirley?"

gofynnodd Violet.

"Hypodŵ?" A'r hyn a olygai Sunny wrth hynny oedd "Wnewch chi ryddhau Klaus o'r hypnosis?"

"Na," atebodd Charles, "alla i wneud dim o'r pethe hynny. Fe fydde Syr yn gandryll, a fydde hynny ddim yn gwneud y tro o gwbl. Ond fe geisia i ddod â rhesin i chi amser cinio yfory. Iawn?"

Doedd hynny ddim yn iawn, wrth gwrs. Mae rhesin yn gallu bod yn ddigon dymunol gyda chnau. Maen nhw'n iachus ac yn gymharol rad. Ond go brin mai dogn o resin oedd yr help a oedd ei angen ar Violet a Sunny yr adeg hon. Ddywedodd Violet 'run gair. Taw piau hi, meddyliodd Sunny hefyd, gan gropian at ddrws y llyfrgell. Doedd ganddyn nhw mo'r amser i'w wastraffu'n trafod ffrwythau sych gyda Charles. Roedd arnyn nhw angen pob eiliad i feddwl am gynllun i'w hachub – a meddwl amdano'n gyflym hefyd.

PENNOD

Un ar ddeg

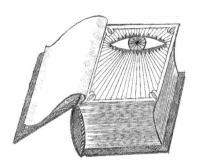

Fe soniais i'n barod fod brawddeg gyntaf llyfr yn aml yn dweud llawer am ei gynnwys. Byddwch yn cofio, rwy'n siŵr, mai brawddeg gynta'r llyfr hwn oedd "Syllodd yr amddifaid Baudelaire drwy ffenestr fudr y trên ar lwydni diflas y Fforest Ddiddiwedd, gan holi eu hunain a fydden nhw byth yn hapus", ac mae'r stori hon yn sicr wedi bod mor ddigalon a diobaith â'r disgwyl.

Y rheswm pam rwy'n sôn am hynny eto yw er mwyn ichi gael deall mor ddiobaith y teimlai Violet a

Sunny wrth agor un o lyfrau llyfrgell Melin Goed yr Oglau Lwcus. Roedd anobaith yn deimlad cyfarwydd i'r chwiorydd Baudelaire, wrth gwrs. Yn rhannol am iddyn nhw gael eu trin mor annheg gan Syr. Yn rhannol am fod Charles, er mor garedig oedd e, yn gwbl analluog i wneud dim byd o werth i'w helpu. Ac yn rhannol am fod Klaus wedi'i hypnoteiddio unwaith eto. Ond yn fwy na dim, y prif reswm pam eu bod nhw'n teimlo'n llawn anobaith oedd y ffaith bod Iarll Olaf yn ôl yn eu bywydau unwaith eto. Byddai hynny'n ddigon i godi'r felan ar unrhyw un.

Ymadrodd diddorol iawn yw "y felan". Pan fydd "y felan" arnoch chi, 'dach chi'n teimlo'n "isel eich ysbryd, yn ddiflas, ac yn drist". Mae 'na hefyd fath o fiwsig sy'n cael ei alw'n "Felan". Math o ganu jazz yw e, sy'n drist a phruddglwyfus. Ond doedd gan Violet a Sunny ddim amser i wrando ar fiwsig o unrhyw fath. Roedden nhw wedi troi at frawddeg gyntaf llyfr Dr Georgina Orwell, *Cyfraniad Offthalmoleg i Les y Ddynoliaeth*, a fedren nhw wneud na phen na chwt ohoni. Y frawddeg gyntaf oedd, "Bydd yr ymdriniaeth archddeifiol hon yn ymgymryd â'r dasg o ddatgymalu damcaniaethau seicdreifiol ffug am wreiddiau cyn-gyntefig ymdriniaethau deintyddol gan ddichon dihysbyddu'r fytholeg a llwyr ddinistrio unrhyw hygrededd a feddai."

"Mawredd Dad!" meddai Violet ar ôl ei darllen hi'n uchel i Sunny. "Beth yn y byd yw ystyr brawddeg fel'na?"

"Garj!" barnodd Sunny, gan fynegi'r hyn roedd y ddwy ohonynt yn teimlo, oherwydd yr hyn roedd hi'n ei feddwl oedd "Rwy'n hynod o ddigalon achos mae hwn yn swnio'n llyfr diflas ar y naw!"

"'Archddeifiol', 'cyn-gyntefig', 'dihysbyddu'!" Ailadroddodd Violet rai o'r geiriau anodd. "Mae angen geiriadur arnon ni."

"Iac!" cytunodd Sunny, a byddai hi hefyd wedi hoffi ychwanegu "A phetai Klaus ddim wedi'i hypnoteiddio, efallai y bydde fe'n gwybod yr ystyron."

Ochneidiodd y ddwy chwaer, gan feddwl am eu brawd wedi'i hypnoteiddio. Roedd y Klaus oedd ganddyn nhw'n awr mor wahanol i'r brawd roedden nhw'n gyfarwydd ag ef; roedd fel petai Iarll Olaf eisoes wedi llwyddo yn ei gynllun ac wedi dinistrio un o'r Baudelairiaid. Fel arfer, cymerai Klaus ddiddordeb yn y byd o'i gwmpas, ond nawr roedd e'n mynd o gwmpas â gwên wirion ar ei wyneb. Arferai ei lygaid ymddangos yn ddwys o ganlyniad i'r holl ddarllen a wnâi, ond nawr roedden nhw'n llydan agored a gwag, fel petai e wedi bod yn gwylio'r teledu am oriau. A thra bod gan Klaus gynt bethau diddorol i'w rhannu gyda'i chwiorydd, roedd e nawr yn anghofus a di-ddweud.

"Ddown ni byth i wybod a fydde Klaus yn gwybod ystyron y geirie 'ma," meddai Violet, fel petai hi wedi deall Sunny i'r dim. "Dw i ddim yn meddwl imi ei glywed yn rhoi diffiniad o'r un gair ers damwain Phil, pan eglurodd e ystyr 'afresymol'."

Yna, awgrymodd i'w chwaer ei bod hi'n cymryd hoe ac yn ceisio cysgu, tra byddai hithau'n bwrw iddi i geisio deall rhywfaint o'r llyfr. Ar ôl cropian i ben y bwrdd, rhoddodd y fechan ei hun i orffwys yng nghysgod y gyfrol, a oedd bron cymaint â hi ei hun.

Er iddi wneud ei gorau, gwyddai Violet mai dyfeisydd oedd hi yn y bôn, nid ymchwilydd.

Darllenodd y frawddeg gyntaf honno eto, ond doedd dim yn tycio. Petai Klaus gyda nhw, gwyddai'n iawn y bydden nhw hanner ffordd at ddeall popeth erbyn hyn. Ceisiodd ddychmygu sut y byddai ei brawd wedi datrys y broblem, ac yna ceisiodd ddilyn yr un camau.

Y peth cyntaf i'w wneud, penderfynodd, oedd troi at y dudalen yn y blaen gyda'r gair "Cynnwys" ar ei ben. Rwy'n siŵr eich bod chi eisoes yn gwybod bod tudalen o'r fath ar ddechrau pob llyfr, bron. Mae'n nodi rhif y tudalen lle mae pob pennod yn dechrau. Mae hefyd yn rhoi teitl pob pennod. Sylweddolodd Violet fod hyn yn mynd i'w helpu i benderfynu pa benodau oedd yn swnio fel y rhai mwyaf defnyddiol. Aeth ei llygaid i lawr y rhes ar frys:

Gallai Violet weld yn syth mai at bennod deuddeg y dylai hi droi, ac roedd hi'n ddiolchgar iawn nad oedd angen iddi ddarllen 926 o dudalennau cyn cyrraedd yno. Am iddi oedi am eiliad i feddwl sut yr âi Klaus ati i drafod llyfr, gan benderfynu troi at y "Cynnwys" i ddechrau, roedd hi wedi arbed llawer iawn o amser. Ond, yn anffodus, fedrai hi ddim osgoi'r holl eiriau hir ac anodd.

Pan fydd llyfr wedi'i ysgrifennu yn yr un arddull trwyddo o'r dechrau i'r diwedd, bydd pobl yn defnyddio'r ymadrodd "arddull gyson". Er enghraifft, mae 'na "arddull gyson" i'r llyfr hwn. Fe ddechreuodd yn dywyll a diobaith, ac mae'n mynd i barhau felly tan y diwedd. Mae'n flin gen i ddweud i Violet sylweddoli'n fuan iawn bod llyfr Dr Orwell wedi'i ysgrifennu mewn arddull gyson hefyd. Brawddeg gyntaf y bennod "Hypnosis a Rheoli'r Meddwl" oedd "Methodoleg fregus yw hypnosis, ond un a all fod yn llesol iawn pan goleddir hi gan ddatgeunydd hyddysg". Roedd hi bron mor hirwyntog ac anodd â brawddeg gyntaf un y llyfr, a suddodd calon Violet.

Ailddarllenodd y frawddeg, a rhyfeddai at allu Klaus i ddeall ystyr popeth mor gyflym. Pan oedd y tri ohonyn nhw'n byw gyda'u rhieni yn eu tŷ braf, roedd llawer o eiriaduron mawr ar gael yn y llyfrgell a byddai Klaus yn defnyddio'r rheini i ddeall ystyr geiriau anodd. Ond sut yn y byd oedd modd darllen llyfr anodd pan nad oedd geiriadur ar gael? Tipyn o ddirgelwch, ond un y gwyddai Violet fod yn rhaid iddi ei ddatrys ar frys.

Trodd ei sylw'n ôl at y frawddeg, a darllenodd hi unwaith eto, ond gan neidio dros y geiriau doedd hi ddim yn eu deall yn iawn y tro hwn. Fel sy'n digwydd yn aml pan fyddwch chi'n darllen fel hyn, roedd sŵn hymian tawel yn mynd trwy ben Violet pan ddeuai at y geiriau anodd. A rhywbeth tebyg i hyn oedd y darllen "*Hmmmm hmmmm* yw hypnosis, ond un a all fod yn *hmmmm* iawn pan *hmmmm* hi gan *hmmmm hmmmm*". Doedd hi ddim yn gwybod i sicrwydd beth oedd ystyr y frawddeg, ond dyfalodd ei bod yn sôn am hypnosis ac yn dweud bod angen person sy'n gwybod be 'di be i'w wneud e. Choeliwch chi byth, ond doedd hi ddim yn bell o'i lle.

Parhaodd Violet i ddarllen yn y modd hwn, gan sylweddoli'n araf ei bod hi'n dyfalu ei ffordd trwy lyfr Dr Orwell yn lled dda. Nid dyma'r ffordd orau o ddarllen, wrth gwrs. Fe allwch chi gamgymryd rhywbeth yn ofnadwy. Ond mewn argyfwng, mae'n ffordd dda o gael rhyw syniad o'r hyn mae'r awdur yn ei ddweud.

Aeth rhai oriau heibio mewn tawelwch. Yr unig sŵn i'w glywed yn llyfrgell Melin Goed yr Oglau Lwcus oedd sŵn y tudalennau'n cael eu troi o bryd i'w gilydd. Bob yn awr ac yn y man, byddai Violet hefyd yn bwrw cipolwg ar ei chwaer fach, ac am y tro cyntaf yn ei bywyd byddai Violet wedi hoffi petai Sunny'n hŷn na'r hyn oedd hi. Pan fydd gennych broblem i'w datrys – fel y broblem o geisio dadhypnoteiddio'ch brawd – mae'n braf cael rhywun arall y gallwch drafod ag ef neu hi. Cofiai Violet yr amser a dreulion nhw gyda Bopa Josephine ac mor ddefnyddiol fu gallu trafod nodyn a adawodd honno ar eu cyfer. Heb gymorth, fydden nhw byth wedi deall beth oedd gwir neges y nodyn hwnnw.

Ond doedd Klaus ddim gyda hi nawr, ac er bod Sunny'n swynol ac yn dipyn o ryfeddod danheddog, dim ond babi oedd hi wedi'r cwbl. Doedd dim disgwyl iddi gyfrannu llawer i'r drafodaeth. Serch hynny, pan fyddai Violet yn dod ar draws brawddeg a oedd yn ymddangos fel petai am fod yn ddefnyddiol, byddai'n rhoi pwniad ysgafn i'r fechan i'w deffro, ac yn darllen y frawddeg yn uchel iddi.

"Gwranda ar hyn, Sunny," meddai hi wrthi. "'Pan fydd person wedi'i hypnoteiddio, gellir gofyn iddo ef neu hi wneud unrhyw weithredoedd *hmmmm* a fynnir, dim ond i rywun ddweud rhyw air *hmmmm*.'"

"*Hmmmm?*" holodd Sunny.

"Y geiriau alla i mo'u deall yw'r rheina," eglurodd Violet. "Ffordd anodd iawn o geisio darllen rhywbeth, ond rwy'n credu 'mod i'n deall, fwy neu lai. Yr hyn mae Dr Orwell yn ei ddweud yw bod modd ichi reoli'r hyn mae person sydd wedi'i hypnoteiddio yn ei wneud trwy ddefnyddio rhyw air arbennig. Wyt ti'n cofio Klaus yn adrodd hanes y boi yn yr Aifft yn esgus ei fod e'n iâr, a'r masnachwr oedd yn canu'r ffidl, a'r bardd oedd yn gwisgo coban? Yn achos pob un, roedd 'na ryw air yn cael ei ddefnyddio. Ond tybed pa air sy'n cael ei ddefnyddio ar Klaus?"

"Hec!" gwichiodd Sunny, a oedd mwy na thebyg yn golygu "Be wn i? Dim ond babi ydw i."

Gwenodd Violet arni'n dyner a cheisio dyfalu beth fyddai ymateb Klaus petai e wedi bod yno a heb ei hypnoteiddio. "'Nôl â fi at y llyfr," meddai hi.

"Ac fe af inne'n ôl i gysgu," meddyliodd Sunny, er mai'r hyn ddywedodd hi oedd "Olcws!"

Gwnaeth y ddwy yr hyn roedden nhw wedi dweud y bydden nhw'n wneud. A chyn pen dim, roedd y llyfrgell yn dawel eto. *Hmmmm*iodd Violet ei ffordd drwy'r llyfr gan fynd yn fwy blinedig a gofidus gyda phob awr a âi heibio. Byddai diwrnod gwaith arall yn dechrau toc, a byddai ei holl ymdrech wedi bod yn gwbl ofer – gydag "ofer" yma'n golygu "yn dal yn

methu darganfod ffordd o ddadhypnoteiddio Klaus".
Roedd ond y dim iddi ddioddef o "ddiffyg hunan-
barch". Ond jest pan oedd hi ar fin rhoi'r ffidl yn y to
a syrthio i gysgu yn ymyl ei chwaer, daeth o hyd i
ddarn yn y llyfr oedd yn swnio mor ddefnyddiol fel y
deffrodd Sunny'n syth.

"'I *hmmmm* y gafael hypnotig'," darllenodd Violet
yn uchel, "'defnyddir gair *hmmmm* arall, wedi ei
ynganu'n uchel'. Rwy'n meddwl mai sôn am ryddhau
pobl o afael hypnosis mae Dr Orwell. Mae 'na un
gair yn cael ei ddefnyddio i'w cael nhw i wneud
pethau dan hypnosis, a gair arall i'w dadhypnoteiddio
nhw. Petaen ni ond yn gwybod pa air all wneud hynny
i Klaus."

"Sgel!" meddai Sunny, gan rwbio cwsg o'i llygaid,
ac ystyr hynny, siŵr o fod, oedd "Iesgob! Mae 'na
shwt gymaint o eiriau i'w cael."

"Rhaid inni weithio allan pa air yw e'n glou,"
meddai Violet, "neu fe fyddwn ni gyda Shirley toc."

"Hmmmm!" meddai Sunny mewn braw. Roedd hi
am feddwl yn ddwys iawn.

"Hmmmm," atseiniodd Violet, i ddangos ei bod

hithau hefyd yn meddwl yn ddwys. Ond yna clywodd y ddwy *hmmmm* arall. Doedd yr *hmmmm* hwn ddim yn golygu bod yna air doedden nhw ddim yn ei ddeall nac yn golygu bod rhywun yn meddwl yn galed. Roedd yr *hmmmm* hwn yn hirach sŵn ac yn uwch. *Hmmmm* y llif fawr gron yn y felin goed oedd hwn. Y llif oedd peiriant mwya marwol y felin, ac roedd rhywun yn ei weithio yn oriau mân y bore.

Cydiodd Violet yn llyfr Dr Orwell ar frys a rhuthrodd hi a Sunny o'r llyfrgell. Allan yn y buarth, roedd pelydrau cynta'r dydd yn dechrau torri drwy'r düwch. Anelodd y ddwy at ddrws y felin. Ar ôl ei agor ac edrych i mewn, gallai'r ddwy weld Fforman Fflachotuno'n sefyll â'i gefn tuag atynt. Roedd e'n pwyntio'i fys at rywbeth ac yn rhoi gorchymyn.

Roedd y llif rydlyd yn chwyrlïo'n gyflym, ei *hmmmm* parhaus yn drwst aflafar. Ar y llawr roedd boncyff coeden yn barod i'w wthio at ddannedd y llif. O'i gwmpas roedd peth wmbredd o linyn – y llinyn a ddaeth o'r peiriant arall a ddinistriwyd gan Klaus.

Cymerodd y chwiorydd gam yn nes er mwyn gallu gweld yn well, ac yna fe sylwon nhw fod y llinyn wedi'i ddefnyddio i glymu pecyn o ryw fath wrth y goeden. Trwy wyro'u pennau er mwyn gweld heibio Fforman Fflachotuni, llwyddodd y ddwy i weld mai Charles oedd y pecyn hwnnw. Roedd wedi'i glymu'n dynn wrth y boncyff ac edrychai fel cocŵn, ar wahân i un peth – doedd yr un cocŵn erioed wedi edrych mor ofidus.

Roedd y llinyn wedi'i glymu o gwmpas ei geg sawl gwaith, fel na allai yngan gair, ond roedd ei lygaid i'w gweld yn iawn a rhythent i gyfeiriad y llif mewn arswyd llwyr, wrth iddo'i gweld yn dod yn nes.

"Dyna ti, y bwbach bach," meddai Fforman Fflachotuno. "Fe fuest ti'n ffodus i ddianc rhag crafangau fy mòs i hyd yn hyn. Ond nid y tro 'ma. Un ddamwain arall a dyna hi ar ben arnat ti. A hon fydd y ddamwain waetha welodd Melin Goed yr Oglau Lwcus erioed. Dychmyga pa mor gandryll fydd Syr pan ddaw i ddeall fod ei bartner wedi'i dorri'n ddarnau yr un maint â'r byrddau sydd fel arfer yn cael eu cynhyrchu yma. Twt, twt! Dyna ti. Gwthia'r boncyff 'na i mewn i'r llif."

Camodd Violet a Sunny'n nes. Erbyn hyn, roedden

nhw'n ddigon agos at Fforman Fflachotuno i'w gyffwrdd – nid eu bod nhw am wneud y fath beth atgas, wrth gwrs. Ond trwy gamu'n nes, gallent weld ei brawd. Safai Klaus yn droednoeth, draw wrth y botymau oedd yn rheoli'r llif fecanyddol. Roedd yn syllu'n syn ar y fforman a'i lygaid mawr yn llydan agored.

"O'r gore, syr," meddai Klaus, ac roedd llygaid Charles hefyd yn llydan agored gan banig!

"*Klaus!*" sgrechiodd Violet. "Klaus, paid!"

Trodd Fforman Fflachotuno'n sydyn, ei lygaid craff yn pefrio uwchben y mwgwd gwirion dros ran isaf ei wyneb. "Wel, sbiwch! Mae'r corachod eraill wedi dod hefyd," meddai, "i weld y ddamwain."

"Nid damwain o gwbl," meddai Violet. "Mae hyn o fwriad."

"Pam hollti blew?" holodd y fforman yn wawdlyd.

"'Dach chi wedi bod yn rhan o hyn drwy'r amser!" gwaeddodd Violet. "Dr Orwell, Shirley a chi."

"Beth am hynny?"

"Dellon!" gwichiodd Sunny, ac ystyr hynny oedd rhywbeth tebyg i "Nid fforman cas yn unig, ond dyn drwg iawn hefyd!"

"Wn i ddim beth mae'r babi corrach yn 'i

feddwl," aeth Fforman Fflachotuno yn ei flaen, "a dw i'n poeni'r un iot. Dos yn dy flaen, hogyn lwcus."

"Na, paid, Klaus!" gwaeddodd Violet. "Paid!"

"Rasgol!" gwichiodd Sunny.

"Dyw'ch geirie chi'n werth 'run daten," meddai Fforman Fflachotuno. "Sbiwch!"

Gallai Sunny weld yn iawn. Gwyliodd ei brawd yn cerdded yn droednoeth draw at y boncyff fel petai ei chwiorydd heb yngan gair. Daliai Violet i syllu ar Fforman Fflachotuno, gan bwyso a mesur ystyr popeth roedd e newydd ei ddweud. Roedd e'n iawn, wrth gwrs. Doedd ei geiriau hi a Sunny'n werth yr un daten i helpu Klaus yn awr. Ond ar yr un pryd, fe wyddai Violet fod 'na eiriau a allai helpu yn bodoli. Rhwng yr holl *hmmmmau*, roedd y llyfr roedd hi'n gafael ynddo wedi dweud wrthi bod 'na air arbennig i orchymyn Klaus i wneud y pethau 'ma, a gair arbennig arall i'w gael i stopio. Sylweddolodd Violet i Fforman Fflachotuno ddefnyddio'r gair "gorchymyn" er mwyn cael Klaus i fynd at y boncyff a'i wthio at ddannedd y llif. Ceisiodd gofio popeth gafodd ei ddweud. Roedd wedi galw Klaus yn "fwbach", ond doedd hi ddim yn debygol iawn mai dyna'r gair cywir. Defnyddiodd "boncyff" a "gwthia" hefyd, ond doedd hi ddim yn meddwl bod y rheini'n debygol iawn o fod y rhai cywir chwaith. Fe allai'r gair roedd hi'n chwilio amdano fod yn unrhyw beth.

"Dyna ti," meddai Fforman Fflachotuno wrth i Klaus gyrraedd y boncyff. "Nawr, yn enw Melin Goed yr Oglau Lwcus, gwthia'r boncyff 'na at y llif."

Ceisiodd Violet feddwl yn ôl mor galed ag y gallai. Rhaid bod Fforman Fflachotuno wedi defnyddio'r gair "gorchymyn" adeg y ddamwain gyntaf, pan gafodd Phil niwed i'w goes. Roedd wedi galw Klaus yn "gorrach lwcus" bryd hynny a dweud wrtho mai fe fyddai'n "gweithio'r peiriant". Ac roedd Klaus wedi dweud "O'r gore, syr" yn ôl wrtho yn y llais tawel oedd ganddo ers cael ei hypnoteiddio – yr un llais a fu ganddo neithiwr wrth fynd i gysgu.

"Egw!" gwichiodd Sunny gan ofn. Erbyn hyn, cododd *hmmmm* y llif ofnadwy yn uwch ac yn uwch, a chododd Klaus y boncyff ddigon i allu ei wthio'n nes ac yn nes. Agorodd llygaid Charles yn fwy llydan byth, ac erbyn hyn roedd y llif wedi dechrau llifio'r pren.

Wrth gofio Klaus yn dweud "O'r gore, syr" wrthi neithiwr cyn mynd i gysgu, sylweddolodd Violet rywbeth pwysig. Rhaid ei bod hi wedi defnyddio'r gair "gorchymyn" ei hun, ar ddamwain. Gorfododd ei hun i feddwl yn galed er mwyn cofio popeth a ddywedodd hi yn y sgwrs honno. Galwodd Klaus ei chwaer fach yn Susan yn lle Sunny, a gofynnodd a fyddai e'n teimlo'n well yn y bore. Ond beth oedd ateb Violet?

"Dal ati i wthio, y corrach lwcus," meddai Fforman Fflachotuno, a gwyddai Violet yn syth beth oedd y gair.

Lwcus.

"*Lwcus!*" gwaeddodd yr hynaf o'r chwiorydd, heb drafferthu i guddio'r gair mewn brawddeg. "Gwthia'r boncyff oddi wrth y peiriant, Klaus!"

"O'r gore, syr," meddai Klaus yn dawel, ac ochneidiodd y chwiorydd eu rhyddhad wrth weld y boncyff yn cael ei wthio o lwybr y llif jest fel roedd bysedd traed Charles ar fin ei chyrraedd. Chwyrlïodd Fforman Fflachotuno rownd i wynebu'r merched gan rythu'n gynddeiriog ar Violet. Fe wyddai hi ei fod e'n gwybod ei bod hi'n gwybod.

"*Lwcus!*" cyfarthodd. "Gwthia'r boncyff yn ôl i gyfeiriad y llif, Klaus!"

"O'r gore, syr," sibrydodd Klaus.

"*Lwcus!*" gwaeddodd Violet. "Gwthia'r boncyff oddi wrth y llif!"

"O'r gore, syr," sibrydodd Klaus.

"*Lwcus!*" cyfarthodd Fforman Fflachotuno. "I gyfeiriad y llif, fachgen!"

"*Lwcus oddi wrth y llif!*"

"*Lwcus i gyfeiriad y llif!*"

"*Lwcus oddi wrth y llif!*"

"*Lwcus i gyfeiriad y llif!*"

"*LWCUS!*" Taranodd llais newydd ar draws y dwndwr. Daeth o gyfeiriad y drws a throdd pawb – gan gynnwys Violet, Klaus, Sunny a Fforman Fflachotuno – i edrych. Roedd hyd yn oed Charles yn gwneud ei orau i gael golwg ar Dr Orwell yn sefyll yno, gyda Shirley yn llechu wrth ei chwt.

"Galw draw i wneud yn siŵr bod popeth yn mynd yn ôl y disgwyl wnaethon ni," meddai Dr Orwell gan godi'i chansen at y llif. "Ac rwy mor falch inni ddod. *Lwcus!*" gwaeddodd ar Klaus. "Paid â gwrando ar dy chwiorydd!"

"W, 'na syniad da!" meddai Fforman Fflachotuno wrth yr optegydd. "Wnes i ddim meddwl am wneud 'na."

"Dyna pam nad wyt ti'n ddim byd mwy na fforman," dywedodd Dr Orwell wrtho'n snobyddlyd. "*Lwcus*, Klaus! Gwthia'r boncyff 'na'n ôl at y llif."

"O'r gore, syr," meddai Klaus, gan ufuddhau.

"*Da ti, Klaus*, paid!" bloeddiodd Violet.

"Gice!" gwichiodd Sunny, a oedd mwy na thebyg yn golygu "Paid â brifo Charles."

"Rwy'n *erfyn* arnoch chi, Dr Orwell," crefodd Violet. "Peidiwch â gorfodi 'mrawd i wneud peth mor ofnadwy."

"Mae e *yn* beth ofnadwy, dwi'n gwybod," meddai Dr Orwell. "Mae'n beth ofnadwy fod ffortiwn y Baudelairiaid i gyd yn mynd i dri bwbach fel chi, yn hytrach nag i Shirley a fi. 'Dan ni'n mynd i rannu'r cyfan, hanner a hanner."

"Ar ôl i mi gael 'y nhalu am y treuliau, Georgina,"

atgoffodd Shirley ef.

"Ie, ar ôl i ti gael y treuliau," cytunodd Dr Orwell.

Roedd *hmmmm* y llif i'w glywed yn uwch ac yn fwy garw na chynt, wrth iddi dorri drwy'r pren drachefn. Llifai'r dagrau o lygaid Charles, gan wlychu'r llinyn a oedd yn ei glymu wrth y boncyff. Edrychodd Violet ar ei brawd, ac yna ar Dr Orwell, a gollyngodd y llyfr mawr o'i gafael mewn rhwystredigaeth.

Yr hyn roedd ei angen arni nawr oedd y gair cywir ar gyfer dadhypnoteiddio Klaus – ac roedd arni ei angen ar frys. Cafodd y gair i roi gorchymyn ei ddefnyddio sawl gwaith erbyn hyn, ac roedd Violet wedi bod yn ddigon clyfar i ddyfalu pa air oedd e – *Lwcus!* Ond dim ond unwaith y cafodd Klaus ei ddadhypnoteiddio hyd yma. Ar ôl y ddamwain, pan dorrodd Phil ei goes, oedd hynny. Roedd hi a Sunny wedi gweld y gwahaniaeth yn Klaus yn syth bryd hynny. Ond pa air oedd wedi dod ag e'n ôl o afael yr hypnosis?

Edrychodd Violet ar y dagrau yn llygaid Charles ac yna ar y rhai a oedd yn dechrau cronni yn llygaid Sunny. Ychydig eiliadau'n unig oedd ar ôl cyn y

bydden nhw'n gwylio llofruddiaeth erchyll Charles –
a gwyddai Violet na fyddai'n hir wedyn cyn y bydden
nhw yng ngofal Shirley. Ar ôl llwyddo i ddianc rhag
Iarll Olaf cynifer o weithiau, roedd e'n mynd i gael ei
ffordd o'r diwedd. O'r holl sefyllfaoedd anffodus y
buon nhw ynddynt, hon oedd yr un fwyaf anarferol o
ddiflas eto, meddyliodd Violet. Y fwyaf anarferol o
greulon. Y fwyaf anarferol o eithafol. Ac yna, ar ôl
"diflas" a "chreulon" ac "eithafol", fe sylweddolodd
mai hon oedd y sefyllfa fwyaf anarferol o … rywbeth
arall, hefyd. Ac yn yr eiliad honno, sylweddolodd
mai'r "rhywbeth arall" hwnnw oedd yr union air a
allai achub eu bywydau – heb sôn am fywyd Charles.

"*Afresymol!*" gwaeddodd Violet mor uchel ag y
medrai, er mwyn i'r gair gario uwchben sŵn
ofnadwy'r llif. "*Afresymol! Afresymol! Afresymol!*"

Caeodd Klaus ei lygaid, a'u hagor nhw eto ar
amrantiad. Edrychodd o'i gwmpas, fel petai newydd
lanio o rywle. "Ble ydw i?"

"O, Klaus," meddai Violet. "Ti yma gyda ni!"

"Daro!" meddai Dr Orwell. "Mae e wedi'i ddad-
hypnoteiddio. Sut yn y byd ddaeth hon o hyd i'r gair

'afresymol'?"

"Mae'r plant uffernol 'ma'n gwybod pob math o eiriau," meddai Shirley yn ei llais hurt. "Dyna sy'n dod o'r holl ddarllen 'na. Ond fe allwn ni greu damwain o hyd, a chael ein dwylo ar y ffortiwn."

"Na fedrwch chi ddim!" mynnodd Klaus, gan gamu i gyfeiriad Charles i'w wthio o afael y llif.

"Medrwn, mi fedrwn!" meddai Fforman Fflachotuno. Ac ar hynny, gwthiodd ei droed allan eto. Mi fyddech yn meddwl ei bod yn amhosibl i dric o'r fath weithio fwy na dwywaith, ond gweithio wnaeth e – unwaith eto! Syrthiodd Klaus drachefn, gan daro'i ben yn erbyn y pentwr o focsys gwyrdd a'r dadrisglwyr.

"Na, fedrwch chi ddim!" criodd Violet, gan gamu ymlaen ei hun i wthio Charles o'r ffordd.

"Medrwn, siŵr!" meddai Shirley yn ei llais gwirion, gan gydio yn Violet gerfydd ei braich. Cydiodd Fforman Fflachotuno ynddi gerfydd y fraich arall, a darganfu'r hynaf o'r Baudelairiaid na fedrai symud gam ymhellach.

"O, iaics!" llefodd Sunny, gan gripian at Charles.

Gwyddai nad oedd hi'n ddigon cryf i'w wthio o ffordd y llif, ond roedd hi'n bwriadu cnoi'r cortyn a'i ryddhau.

"O, medrwn, g'lei!" A chyda hynny, plygodd Dr Orwell i godi'r ieuengaf o'r Baudelairiaid oddi ar y llawr. Ond roedd Sunny'n barod amdani. Agorodd ei cheg a'i chau drachefn mewn chwinciad, gan gnoi llaw'r hypnotydd mor galed ag y medrai.

"*Gach!*" sgrechiodd Dr Orwell dros y lle, gan ddefnyddio gair nad yw'n perthyn i'r un iaith yn benodol. Ond yna, gwenodd a defnyddio gair o'r iaith Ffrangeg: "*En garde!*" meddai. Efallai y byddwch chi'n gwybod yn barod mai term a ddefnyddir mewn gornest ymladd â chleddyfau yw "*En garde!*" Dyna fydd pobl yn ei ddweud i nodi dechrau'r ornest. Gyda gwên ffiaidd ar ei hwyneb, gwasgodd y garreg goch ar ben ei chansen ddu ac fe ddaeth llafn disglair i'r golwg o'r pen arall. Eiliad gymerodd hi i'w chansen droi'n gleddyf, a phwyntiodd yr arf yn syth i gyfeiriad y babi. Doedd yr un cleddyf gan Sunny, wrth gwrs. Doedd ganddi ddim ond ei phedwar dant arbennig o finiog, ac edrychodd i fyw llygaid Dr Orwell gyda

156

phob un o'r pedwar yn pwyntio tuag ati.

Pan fydd cleddyf yn taro cleddyf, ceir sŵn *clinc!* penodol iawn. Fe glywais i'r sŵn hwnnw ddiwethaf pan fu'n rhaid imi gael gornest gleddyfau gyda'r dyn ddaeth i drwsio 'nheledu i beth amser yn ôl. Ond, yn achos Dr Orwell a Sunny, nid dau gleddyf oedd yn achosi'r sŵn o gwbl, ond cleddyf a dant. Hyrddiodd Dr Orwell ei chansen-gleddyf at Sunny. Tasgodd Sunny ei dannedd i gyfeiriad Dr Orwell. Gyda phob *clinc!* fe godai lefel y sŵn yn uwch ac yn uwch, gan achosi dwndwr a oedd yn fwy byddarol hyd yn oed na sŵn y llif oedd yn dal i symud yn fygythiol i gyfeiriad Charles. O fewn eiliadau, trwch blewyn yn unig oedd rhwng traed Charles a'r llif – ac wrth gwrs, pan fydd pobl yn dweud mai "trwch blewyn" oedd rhwng dau beth, maen nhw'n golygu eu bod nhw "bron yn ddigon agos i gyffwrdd".

"Gwna rywbeth, Klaus!" gwaeddodd Violet, wrth wneud ei gorau glas i dorri'n rhydd o afael Shirley a Fforman Fflachotuno.

"Fedr dy frawd wneud dim!" meddai Shirley, gan giglo mewn ffordd a fyddai'n ddigon i godi gwrychyn unrhyw un. "Newydd ddod yn ôl o afael yr hypnosis mae e – mae e'n dal yn benysgafn, braidd. Fforman Fflachotuno, tynna'n galed! Fe fydd ceseiliau'r ferch 'ma wedi blino'n lân ymhen dim."

Roedd Shirley'n iawn am geseiliau Violet. Ond roedd hi'n rong am Klaus. Er mai newydd ddod allan o afael yr hypnosis oedd e, ac er ei fod braidd yn benysgafn, *doedd* e ddim yn rhy ddryslyd i wneud rhywbeth. Yr unig broblem oedd, doedd e ddim yn gwybod beth i'w wneud. Cafodd ei daflu i'r gornel gyda'r gwm cnoi a'r teclynnau dadrisglo; petai e'n symud at Charles, byddai'n mynd ar draws yr ymladd cleddyfau a oedd yn dal yn ei anterth rhwng Dr Orwell a Sunny. Pan fydd rhywbeth "yn ei anterth", rwy'n siŵr eich bod chi'n gwybod ei fod yn golygu bod beth bynnag yw'r peth hwnnw – gornest gleddyfau yn yr achos hwn – "ar ei gryfaf neu ar ei fwyaf ffyrnig".

Doedd Klaus ddim am gael ei ddal yn yr ymladd. Ond er mawr arswyd iddo, gallai weld bod y "trwch blewyn" a fu rhwng dannedd y llif a Charles wedi diflannu. Roedd llafn gron y llif bellach yn torri trwy waelod gwadnau sgidiau Charles. Er bod partner Syr yn gwneud ei orau glas i dynnu'i draed yn ôl, roedd wedi'i glymu'n rhy dynn a gallai Klaus weld y rwber ar wadnau'r sgidiau'n dechrau disgyn yn ddarnau mân ar lawr y felin. O fewn eiliad yn unig, byddai'r llif yn dechrau torri drwy wadnau traed Charles ei hun. Roedd angen iddo ddyfeisio rhywbeth – a hynny ar unwaith.

Wrth weld llafn y llif yn troi, suddodd calon Klaus. Sut yn y byd oedd Violet yn llwyddo i ddyfeisio'r peth iawn ym mhob argyfwng? Roedd e wastad wedi dangos diddordeb mewn pob math o bethau, gan gynnwys pethau mecanyddol, ond darllenwr brwd oedd e yn y bôn, nid dyfeisiwr. Pan edrychai ar y peiriant torri coed, y cyfan a welai oedd llif farwol. Gwyddai y byddai ei chwaer wedi dyfeisio ffordd o achub Charles yn syth. Ac yna ceisiodd ddyfalu sut fyddai hi wedi edrych ar y pethau o'i chwmpas petai hi ddim yn cael ei thynnu y ffordd yma a'r ffordd acw gan Shirley a Fforman Fflachotuno.

Clinc! Edrychodd Klaus o'i gwmpas am unrhyw beth a allai fod yn ddefnyddiol i ddyfeisio rhywbeth, ond y cyfan a welai oedd y dadrisglwyr a'r bocsys bach lle'r oedd y gwm cnoi yn cael ei gadw. Agorodd nifer o'r bocsys ar ras a thaflu eu cynnwys i'w geg, gan gnoi'n egnïol ar y gwm. Ei syniad oedd taflu pelenni o'r gwm i mewn i beirianwaith y llif drydan, gan obeithio y byddai hynny'n stopio'r llafn rhag troi.

Clinc! Trawodd llafn cleddyf Dr Orwell yn erbyn un arall o ddannedd Sunny wrth i Klaus boeri'r gwm i'w law a'i hyrddio at grombil peiriant y llif. Ond syrthiodd i'r llawr gyda *phlop!* di-ddim, yn bell o'r llif. Sylweddolodd Klaus ar unwaith fod y gwm yn rhy ysgafn o lawer. Roedd fel petai'n taflu pluen neu ddarn o bapur.

Hachita … hachita … hachita! Dechreuodd y llif gadw'r sŵn mwyaf iasoer a glywodd Klaus erioed. Caeodd Charles ei lygaid, a gwyddai Klaus fod y llafn newydd gyrraedd gwaelod ei droed. Cymerodd gegaid fawr o'r gwm i'w gnoi, ond doedd e ddim yn gwybod a fyddai'n gallu creu pelen ddigon trwm i gyrraedd y peiriant ac achosi difrod iddo. Gostyngodd ei lygaid yn ddigalon a sylwi o'r newydd ar un o'r dadrisglwyr. A dyna pryd y sylweddolodd y gallai ddyfeisio rhywbeth wedi'r cyfan.

Wrth edrych ar y darn hwn o offer y felin goed, cofiodd adeg pan roedd e'n teimlo hyd yn oed yn fwy diflas nag a deimlai pan roedd e'n gweithio fan hyn. Amser maith yn ôl oedd hynny, yn y dyddiau pan oedd ei rieini'n dal yn fyw. Roedd Klaus wedi treulio'r prynhawn yn darllen llyfr am wahanol fathau o bysgod ac roedd wedi gofyn i'w fam a gâi e fynd i bysgota. Ei obaith oedd y byddai'n cael cyfle i weld yr holl fathau o bysgod yn y llyfr drosto'i hun. Ond rhybuddiodd ei fam e mai'r peth mwyaf diflas ar wyneb y ddaear oedd pysgota. Serch hynny, roedd Klaus yn benderfynol ac ar ôl i'w fam ddod o hyd i hen offer pysgota yn y selar, bant â nhw drannoeth at lyn oedd gerllaw eu cartref. A hwnnw oedd un o'r dyddiau mwyaf diflas a dreuliodd Klaus erioed. Doedd dim i'w wneud, dim ond disgwyl i bysgodyn fachu'r abwyd ar flaen y wialen. Doedd dim unman i fynd, achos roedd ef a'i fam ar gwch bychan ar ganol llyn. A doedd dim gair yn cael ei ddweud, achos pan fyddwch chi'n pysgota rhaid cadw'n dawel neu fe fydd sŵn y siarad yn aflonyddu'r pysgod. Chafodd e'r un sgwrs â'i fam. Ddaliodd e'r un pysgodyn. Doedd e ddim yn hwyl o gwbl.

Ond yng nghanol yr argyfwng oedd yn mynd ymlaen o'i gwmpas, cofiodd am un agwedd ar bysgota oedd ar fin bod yn ddefnyddiol iawn iddo. Tra bod Sunny'n ymladd Dr Orwell, a Violet yn ymrafael â Shirley a Fforman Fflachotuno, cofiodd Klaus sut i "daflu lein", sef y dechneg o ddefnyddio'r wialen bysgota i daflu llinyn, gydag abwyd ar ei ben blaen, allan i ganol y dŵr. Wrth bysgota go iawn, wrth gwrs, y gobaith yw dal pysgod. Ond gobaith Klaus oedd arbed bywyd Charles.

Ar ras wyllt, cododd y Baudelaire ifanc y dadrisglwr a phoeri'r gwm o'i geg gan ei lynu wrth y darn metel hirgrwn, fel y bydd abwyd yn cael ei roi ar flaen llinyn. Doedd ganddo ddim gwialen go iawn, wrth gwrs, ac nid llinyn go iawn oedd yr un roedd e ar fin ei daflu. Ond roedd am daflu'r darn metel â'r gwm arno yn union fel y dysgodd ei fam ef i daflu llinyn, gan obeithio y byddai'r metel a'r gwm yn mynd yn sownd yn y peirianwaith ac yn atal y llif rhag troi.

Gwelodd ei ddyfais yn gwibio dros bennau Dr Orwell a Sunny – roedd hyn yn newyddion da. Ond yna – doedd y newyddion ddim cystal. Yn lle mynd i grombil y peiriant neu fwrw'r llif, glynodd y ddyfais ar y llinyn oedd yn clymu Charles wrth y boncyff. *Plop!* Cododd Klaus ddadrisglwr arall a chnoi rhagor o'r gwm. Rhaid oedd "taflu llinyn" arall, mae'n amlwg. Y tro hwn, gwnaeth ymdrech arbennig i ddefnyddio'i holl nerth – ac ar ôl bod yn gweithio yn y felin goed am sbel, roedd cryn nerth ym mreichiau Klaus bellach.

Taflodd y ddyfais drachefn, a'r tro hwn eto doedd hi ddim wedi mynd i mewn i grombil y peiriant. Ond weithiau, fe ddaw llwyddiant er nad yw e'n amlwg iawn. Trawodd blaen y dadrisglwr, gyda'r gwm arno, yr union fan lle roedd y boncyff a'r llif yn cwrdd. Glynodd y gwm wrth y boncyff ac aeth y metel rhwng y ddau, gan wyro'r boncyff fymryn a'i wthio o afael y dannedd miniog. Roedd y llif yn dal i droelli'n ddiddiwedd, ond doedd hi ddim bellach yn torri trwy bren, na thrwy Charles, na dim.

Llifodd y dagrau o ryddhad o lygaid Charles. A

dechreuodd Klaus yntau grio pan welodd ddagrau Charles. Pan drodd Sunny am eiliad, ar ôl iddi sylwi bod y sŵn dychrynllyd wedi gostegu, gallai weld y dagrau ar fochau ei brawd. Ond yr union eiliad honno, gwelodd Dr Orwell ei chyfle. Gydag un o'i bŵts hyll, ciciodd Sunny i'r llawr. Sadiodd hi yno trwy godi'i throed a'i gorffwys ar ei mynwes. "Wel, wir," meddai, gan godi'i chleddyf yn uchel, "fe fydd 'na ddamwain ym Melin Goed yr Oglau Lwcus heno wedi'r cwbl, mae'n ymddangos."

Roedd Dr Orwell yn llygad ei lle. Ond nid y "ddamwain" roedd hi wedi'i rhagweld a ddigwyddodd. Damwain angheuol oedd yr un a ddigwyddodd go iawn – sy'n golygu bod rhywun wedi cael ei ladd.

Wrth iddi godi'r cleddyf, gyda'r bwriad o drywanu Sunny yn ei gwddf, agorodd drws y felin goed a daeth Syr i mewn. "Beth yn y byd sy'n digwydd fan hyn?" gofynnodd yn ei lais mawr cryf. Cymaint oedd y syrpréis a gafodd Dr Orwell, camodd yn ôl mewn syndod – ac mae camu'n ôl yn ddisymwth heb edrych i ble rydych chi'n mynd yn gallu bod yn beth ffôl iawn i'w wneud. Ac yn wir, roedd *yn* beth ffôl iawn, iawn yn yr achos hwn, oherwydd beth oedd reit y tu cefn i Dr Orwell ond y llif finiog a oedd yn dal i droi a throi ar gyflymder mawr.

Roedd y ddamwain a ddilynodd yn erchyll tu hwnt – ac roedd hi hefyd, yn bendant, yn angheuol.

PENNOD

Tair ar ddeg

"*Dychrynllyd*, dychrynllyd, dychrynllyd," meddai Syr, gan ysgwyd ei ben a chwyrlïo'r cwmwl mwg a'i hamgylchynai.

"Cytuno'n llwyr," meddai Mr Poe, gan beswch i'w facyn poced. "Y munud y ffonioch chi'r bore 'ma i egluro'r sefyllfa, dyma fi'n canslo sawl cyfarfod pwysig ac yn dal y trên cyntaf a fedrwn i i Dre-bitw, er mwyn delio â'r mater fy hun."

"'Dan ni'n gwerthfawrogi hynny'n fawr," meddai Charles.

"Dychrynllyd, dychrynllyd, dychrynllyd," meddai Syr unwaith eto.

Yn eistedd gyda'i gilydd ar lawr swyddfa Syr, yn edrych i fyny ar yr oedolion yn sgwrsio, roedd y

Baudelairiaid. Wydden nhw ddim sut roedd y tri dyn yn llwyddo i siarad o gwbl. I'r tri amddifad, doedd y gair "dychrynllyd", hyd yn oed o'i ddweud deirgwaith, ddim yn dechrau cyfleu arswyd popeth a ddigwyddodd iddynt. Roedd Violet yn dal i grynu wrth gofio'r olwg oedd ar wyneb Klaus pan oedd hwnnw dan hypnosis. Roedd Klaus yn dal i grynu o gofio'r hyn fu bron â digwydd i Charles. Ac roedd Sunny'n dal i grynu wrth feddwl iddi bron â chael ei lladd gan gleddyf Dr Orwell. A chrynai'r tri ohonynt wrth gofio diwedd dychrynllyd Dr Orwell. Yn yr achos hwn, rwy'n siŵr eich bod yn cofio bod "diwedd dychrynllyd" yn golygu iddi "gamu ar draws llafn y peiriant llifio". Ni fedrai'r plant yngan gair, heb sôn am gynnal sgwrs.

"Cwbl anhygoel!" aeth Syr yn ei flaen. "I feddwl mai hypnotydd oedd Dr Orwell, wedi'r cwbl, ac iddi hypnoteiddio Klaus er mwyn bod yn rhan o gynllwyn i ddwyn ffortiwn y Baudelairiaid. Trwy lwc, fe ddaeth Violet o hyd i ffordd i'w ddadhypnoteiddio."

"Cwbl anhygoel!" meddai Charles. "Y ffordd y daeth Fforman Fflachotuno i 'nghipio i fel'na yng nghanol y nos, 'y nghlymu i wrth foncyff a bron â'm lladd. A'r cyfan er mwyn dwyn ffortiwn y Baudelairiaid. Rwy'n lwcus iawn i Klaus ddyfeisio rhywbeth i atal y boncyff rhag cwrdd â'r llif, jest mewn pryd. Bach iawn yw'r archoll ar 'y nhroed."

"Cwbl anhygoel!" meddai Mr Poe, ar ôl peswch fymryn yn rhagor. "I feddwl bod y fenyw Shirley 'ma am fabwysiadu'r plant er mwyn cael ei dwylo ar ffortiwn y Baudelairiaid. Lwcus iawn inni weld trwy'i chynllwyn hi. Nawr, fe fydd raid iddi barhau â'i gwaith yn y dderbynfa."

Fedrai Violet ddim cadw'n dawel eiliad yn rhagor pan glywodd hi hynny. "Dyw Shirley ddim yn gweithio mewn unrhyw dderbynfa go iawn!" mynnodd. "Nid Shirley yw hi, hyd yn oed! Iarll Olaf yw hi!"

"Nawr, *dyna'r* rhan o'r stori sydd mor anhygoel, fedra i mo'i chredu," meddai Syr. "Rwy wedi cwrdd â'r fenyw ifanc hon, a dyw hi ddim yn debyg o gwbl i Iarll Olaf. Mae'n wir mai un ael sydd ganddi ar draws y ddau lygad, ond mae hynny'n wir am lawer o bobl cwbl ddiniwed."

"Rhaid ichi faddau i'r plant," meddai Mr Poe. "Maen nhw'n tueddu i weld Iarll Olaf ym mhobman."

"Y rheswm am hynny yw am 'i *fod* e ym mhobman," meddai Klaus yn chwerw.

"Wel, dyw e ddim yma yn Nhre-bitw," meddai Syr. "Fe fuon ni'n cadw llygad barcud amdano – cofio?"

"Cusgw-o!" bloeddiodd Sunny. Yr hyn roedd hi'n ei olygu oedd "Ond roedd e mewn cuddwisg, fel arfer".

"Beth am fynd i weld y Shirley 'ma?" cynigiodd Charles yn betrusgar. "Mae'r plant yn swnio mor siŵr o'u pethe, ac efallai y byddwch chi, Mr Poe, yn gallu dweud yn syth ydyn nhw'n iawn ai peidio."

"Fe adewais i Shirley a Fforman Fflachotuno yn y llyfrgell," eglurodd Syr, "gan ddweud wrth Phil am gadw llygad arnyn nhw. Mae'n dda gen i weld bod y llyfrgell 'na wedi bod yn ddefnyddiol, wedi'r cwbl."

"Roedd y llyfrgell yn lle defnyddiol iawn," cytunodd Violet. "Petawn i heb ddarllen y bennod ar hypnosis mi fydde Charles, eich partner, wedi marw nawr."

"Plant clyfar iawn, does dim amheuaeth!" meddai Charles.

"Cytuno'n llwyr â hynny," ategodd Syr. "Fe wnewch chi'n wych yn yr ysgol breswyl."

"Ysgol breswyl?" gofynnodd Mr Poe.

"Ie, siŵr," atebodd Syr gan ysgwyd ei gwmwl mwg. "'Dych chi ddim yn meddwl 'mod i am eich cadw chi nawr, ar ôl yr holl lanast 'dach chi wedi'i achosi yn y felin 'ma?"

"Ond nid ein bai ni oedd hynny!" protestiodd Klaus.

"Dyw hynny nac yma nac acw," meddai Syr. "Roedden ni wedi taro bargen â'n gilydd. Y fargen oedd 'mod i'n gwneud yn siŵr nad oedd Iarll Olaf yn dod ar eich cyfyl ac na fyddech chi'n achosi rhagor o ddamweiniau. Fe dorroch chi'ch rhan chi o'r fargen."

"Hec!" gwichiodd Sunny, a oedd yn golygu "A chadwoch chi mo'ch ochr chi o'r fargen chwaith". Ond thalodd Syr ddim sylw iddi.

"Wel, beth am fynd i weld y fenyw 'ma 'te?" awgrymodd Mr Poe, "inni gael gweld unwaith ac am byth ai Iarll Olaf yw'r drwg yn y caws."

Ymadrodd perffaith i ddisgrifio Iarll Olaf yw "y drwg yn y caws". Does ganddo ddim byd i'w wneud â chaws, fel y gwyddoch chi'n iawn, rwy'n siŵr. Mae'n golygu "y person neu'r peth sy'n achosi'r trafferthion a'r gofidiau mewn rhyw sefyllfa arbennig". Y sefyllfa fan hyn, yn amlwg, yw'r holl brofiadau diflas sy'n dod i ran y Baudelairiaid. A'r drwg yn y caws, yn bendant, yw Iarll Olaf.

"Helô, Phil," meddai Violet wrtho, pan gyrhaeddodd y tri oedolyn a'r tri phlentyn ddrws y llyfrgell. "Sut mae'r goes?"

"O, mae'n gwella'n ara deg, diolch," atebodd. "A dw i wedi bod yn gwarchod y drws, Syr, a dyw Shirley na Fforman Fflachotuno wedi dianc. O, a gyda llaw, rwy wedi bod yn darllen y llyfr 'ma, *Popeth y Dylech chi ei Wybod am Dre-bitw*. Fedra i ddim deall pob gair ohono, ond mae'n ymddangos i mi bod talu gweithwyr mewn tocynnau yn hytrach nag arian yn anghyfreithlon."

"Fe gawn ni drafod hynny'n nes ymlaen," meddai Syr yn frysiog. "Ar ein ffordd i weld Shirley 'dan ni." Gyda hynny, agorodd y drws a dyna lle roedd Shirley a Fforman Fflachotuno yn eistedd yn dawel ger un o'r byrddau wrth y ffenestr. Gorweddai llyfr Dr Orwell ar gôl Shirley, fel petai hi ar ganol ei ddarllen.

"O, helô, blant bach annwyl!" cyfarchodd nhw yn ei llais ffug, gan godi llaw. "Rwy wedi bod yn gofidio cymaint amdanoch chi."

"Minne hefyd!" ychwanegodd Fforman Fflachotuno. "Diolch byth nad ydw i bellach wedi fy hypnoteiddio ac yn eich trin chi mor ofnadwy."

"Roeddet *tithe* hefyd wedi dy hypnoteiddio?" gofynnodd Syr.

"Siŵr iawn. Dyna ddigwyddodd i'r ddau ohonom!" Gwnaeth Shirley sioe fawr o'i hactio ffug, a phlygodd yn agosach at y plant i esgus rhoi ei llaw ar eu pennau'n gariadus. "Fydden ni byth wedi bod mor gas wrth dri mor ardderchog â'r rhain, fel arall." Y tu hwnt i'r blew amrant ffals, roedd llygaid llachar Shirley'n ffromi mewn atgasedd wrth iddi siarad, fel petai hi am eu bwyta'n fyw y cyfle cyntaf a gâi hi.

"Wel, mae'n amlwg, Mr Poe," meddai Syr, "nad oedd Shirley a Fforman Fflachotuno'n bwriadu bod yn gas wrth y plant. Y Dr Orwell 'na sydd wedi twyllo pawb. A does dim sôn am yr hen Iarll Olaf 'na o gwbl."

"Iarll Olaf?" ffwndrodd Fforman Fflachotuno. "Pwy ar wyneb y ddaear yw e?"

"Chlywais i erioed sôn amdano," cytunodd Shirley. "Ond beth wn i – dim ond derbynwraig ydw i!"

"Rwy'n meddwl eich bod chi'n gwybod digon i fod yn fam dda," barnodd Syr. "Cytuno, Mr Poe? Beth am roi cyfle iddi? Mae'r plant 'ma wedi achosi hen ddigon o drafferth i mi'n barod."

"Na!" protestiodd Klaus. "Nid Shirley yw hi, ond Iarll Olaf."

Pesychodd Mr Poe i'w hances unwaith eto ac arhosodd y plant yn dawel tan iddo orffen. Roedden nhw'n edrych tuag ato am ateb pan dynnodd yr hances oddi ar ei wyneb o'r diwedd, a throi at Shirley. "Mae'n flin gen i ddweud, madam, fod y plant 'ma'n amau'n gryf iawn mai dyn o'r enw Iarll Olaf ydych chi, gan esgus eich bod yn gweithio fel derbynwraig."

"Fe alla i fynd â chi i swyddfa Dr Orwell – y diweddar Dr Orwell – os mynnwch chi, ichi gael gweld yr arwydd ar y ddesg, gyda f'enw i arno'n glir

– Shirley."

"Fydd hynny ddim yn ddigon, mae arna i ofn," atebodd Mr Poe. "A fyddech chi cystal â dangos eich pigwrn chwith inni?"

"Bobol bach! Peth anghwrtais iawn yw edrych ar goesau merched!" meddai Shirley. "Mae pawb yn gwybod hynny, siawns."

"Os nad oes tatŵ o lygad ar eich pigwrn chwith," meddai Mr Poe, "gallwn fod yn berffaith sicr nad Iarll Olaf 'dach chi."

Disgleiriodd llygaid Shirley'n llachar, llachar a gwenodd yn ddanheddog ar bawb. "A beth os oes yno un?" gofynnodd, gan godi'i sgert i fyny fymryn. "Beth os oes yno lygad, *go iawn*?"

Trodd llygaid pawb at bigwrn Shirley, a dyna lle roedd un llygad yn edrych yn ôl arnynt. Edrychai'n debyg iawn i siâp yr adeilad lle bu Dr Orwell – yr adeilad roedd y Baudelairiaid wedi synhwyro ei fod e'n edrych arnynt trwy gydol eu harhosiad yn Nhrebitw. Edrychai'n debyg iawn i'r llygad ar glawr llyfr Dr Orwell – yr un roedd y Baudelairiaid wedi synhwyro ei fod yn edrych arnynt ers iddynt ddechrau gweithio ym Melin Goed yr Oglau Lwcus. Yr un ffurf llygad oedd e'n union. Roedd y plant yn iawn. Hwn oedd y llygad oedd fel petai e wedi bod yn ei dilyn byth ers i'w rhieni farw.

"Os mai felly mae'i dallt hi," meddai Mr Poe, ar ôl iddo oedi am eiliad, "yna nid Shirley ydych chi o gwbl. Iarll Olaf 'dach chi. Rwy'n eich arestio chi ac yn eich gorchymyn i dynnu'r guddwisg wirion 'na!"

"Ddylwn i dynnu 'nghuddwisg wirion innau?" gofynnodd Fforman Fflachotuno, gan dynnu'r wig oddi ar ei ben yn ddiymdroi. Doedd hi ddim yn syndod i'r plant ddarganfod ei fod yn foel. Roedden nhw wedi amau hynny o'r dechrau. Ond yn sydyn, roedd rhywbeth cyfarwydd ynghylch ei ben. Gan rythu arnynt yn galed, aeth yn ei flaen i dynnu'r mwgwd. Daeth y trwyn mawr pigog a oedd wedi cael ei guddio i'r golwg, a gallai'r Baudelairiaid weld yn glir mai un o gyfeillion Iarll Olaf oedd hwn.

"Y dyn moel!" bloeddiodd Violet.

"Yr un 'da'r trwyn hir, hyll!" gwaeddodd Klaus.

"Blembo!" gwichiodd Sunny, gàn olygu "Un o fêts Iarll Olaf!"

"Diwrnod da o waith heddiw!" cyhoeddodd Mr Poe'n fodlon. "Dal *dau* droseddwr."

"Wel, *tri* mewn gwirionedd," meddai Shirley – neu Iarll Olaf fel y dylem ei alw nawr. "Os ydych chi'n cyfri Dr Orwell, yntefe?" ychwanegodd.

"Dyna ddigon o ddwli," meddai Mr Poe. "Iarll Olaf, rwy'n eich arestio chi ar gyhuddiad o gyflawni sawl llofruddiaeth, o geisio cyflawni sawl llofruddiaeth, twyllo, ceisio twyllo a sawl peth drwg arall, synnwn i fawr. A chi, y dyn moel 'da'r trwyn mawr hyll, rydych chithe wedi'ch arestio am helpu'r dihiryn."

Cododd Iarll Olaf ei ysgwyddau'n ddi-hid, a syrthiodd y wig oddi ar ei ben. Rhoddodd wên roedd y Baudelairiaid wedi'i gweld lawer gwaith o'r blaen. Gwên roedd e'n hoffi ei gwisgo pan fyddai pethau'n edrych yn go ddu arno. Hen wên sarhaus a wnâi iddo edrych fel petai ar ganol dweud jôc. Ond gwyddai'r plant mai dyma'r wên a wisgai pan oedd ei feddwl drwg ar ganol llunio rhyw gast newydd i'w gael o drwbl.

"Fe fuodd y llyfr hwn o gymorth mawr i chi,

blant," meddai, ei lygaid yn disgleirio a'r llyfr trwchus, *Cyfraniad Offthalmoleg i Les y Ddynoliaeth*, yn ei law. "A nawr, mae'n mynd i fod o gymorth i minne hefyd." A chyda hynny, lluchiodd y llyfr drwy'r ffenestr â'i holl nerth. Torrodd honno'n deilchion gan greu twll digon mawr i ddyn allu neidio trwyddo'n weddol ddidrafferth. A dyna'n union beth wnaeth y dyn moel. Crychodd ei drwyn ar y plant wrth fynd, fel petai'r llyfrgell yn llawn arogleuon drwg. Dilynodd Iarll Olaf ef ar frys, gan chwerthin yn llawn dirmyg wrth iddo wneud hynny. "Fe fydda i'n ôl, peidiwch â phoeni," galwodd arnynt. "Fe fydda i'n ôl i'ch cael chi!"

"Yffach!" meddai Mr Poe; ymadrodd sydd yma'n golygu "O, na, mae'r gwalch yn dianc!"

Camodd Syr at y twll mawr lle bu ei ffenestr, a gallai weld Iarll Olaf a'r dyn moel yn eu heglu hi nerth eu traed allan o Dre-bitw. "Peidiwch â dod yn ôl!" gwaeddodd ar eu holau. "Fydd yr amddifaid ddim yma. Does dim rheswm pam y dylech chi byth ddychwelyd yma!"

"Beth ydy ystyr peth felly?" holodd Mr Poe yn

ddig. "'Dan ni wedi taro bargen, a dydych chi ddim wedi cadw at eich rhan chi ohoni. Roedd Iarll Olaf yma, wedi'r cwbl."

"Twt, twt!" wfftiodd Syr, gan chwifio'i fraich yn ddi-hid. "Dyw hynny nac yma nac acw nawr. Mae'n amlwg i mi mai dim ond anffawd a damweiniau cas sy'n dilyn y plant 'ma lle bynnag yr ân nhw. A dw i wedi cael llond bol arnyn nhw."

"Ond, Syr," plediodd Charles. "Maen nhw'n blant da yn y bôn."

"Dw i ddim am wrando ar air ymhellach," meddai Syr. "'Y Bòs' sydd wedi'i sgrifennu ar yr arwydd ar 'y nesg i, ac mae hynny'n golygu mai fi, yn wir, yw y bòs. Ac mewn gair: does dim croeso mwyach i'r plant yn yr Oglau Lwcus!"

Edrychodd Sunny, Klaus a Violet ar ei gilydd. Fe wydden nhw nad gair oedd "Does dim croeso i'r plant mwyach yn yr Oglau Lwcus", ond brawddeg. Ond doedd fiw iddyn nhw ddweud dim. Ar ben hynny, bu eu hamser yn y felin goed mor ddiflas a pheryglus, go brin fod disgwyl iddyn nhw deimlo fawr o hiraeth am y lle. Roedd hyd yn oed meddwl am fynd i ysgol breswyl yn swnio'n well na byw dan lach Fforman Fflachotuno o ddydd i ddydd.

Rwy'n gallu deall yn iawn pam y byddai'r plant yn meddwl felly wrth sefyll yno yn y llyfrgell wag, ond trist iawn yw gorfod dweud wrthych nad oedden nhw yn llygad eu lle o gwbl. Doedd yr ysgol breswyl ddim yn mynd i fod ronyn yn well na'r felin. Ond, am y tro, wydden nhw ddim am y gofidiau a oedd eto i ddod, dim ond am y rhai roedden nhw eisoes wedi'u dioddef, a'r rhai oedd newydd ddianc drwy'r ffenestr.

"Gawn ni drafod hyn i gyd yn nes ymlaen," awgrymodd Violet, "a ffonio'r heddlu'n gyntaf. Efallai y gallan nhw ddal y ddau yna cyn iddyn nhw fynd yn rhy bell."

"Syniad ardderchog, Violet," cytunodd Mr Poe, a ddylai fod wedi meddwl am wneud hynny ei hun, beth amser yn ôl. "Syr, ewch â ni at y ffôn agosaf."

"O, os oes raid," meddai Syr yn ffwndrus. "Ond hwn fydd y peth ola wna i i blesio'r plant 'ma. Ac rwy'n sychedig iawn. Charles, dos i baratoi ysgytlaeth imi."

"O'r gore, Syr," meddai Charles, gan ddilyn y

ddau ddyn arall yn gloff. Roedd Syr a Mr Poe eisoes wedi diflannu i lawr y coridor, ac arhosodd Charles wrth ddrws y llyfrgell gan droi at y plant. "Rwy'n flin iawn na fydda i'n eich gweld chi eto," meddai. "Ond rwy'n siŵr mai Syr sy'n gwybod orau."

"'Dan ninne'n flin hefyd," meddai Klaus. "Ac rwy'n flin imi achosi cymaint o loes i chi."

"Nid dy fai di oedd e, fachgen," atebodd Charles yn garedig, ac ymunodd un arall cloff yn y sgwrs pan ofynnodd Phil, "Beth ddigwyddodd 'te? Fe glywais i'r gwydr yn torri."

"Iarll Olaf lwyddodd i ddianc… unwaith eto," atebodd Violet, gyda'i chalon yn suddo wrth wrando arni'i hun yn dweud y geiriau. "Roedd Iarll Olaf wedi esgus mai menyw o'r enw Shirley oedd e, ac mae e wedi dianc drachefn."

"Wel, codwch eich calonnau," meddai Phil wrthynt. "'Dach chi'n blant reit lwcus a dweud y gwir." Edrychodd y tri ar Phil yn amheus, cyn edrych ar ei gilydd yn amheus. Fe fuon nhw'n blant mor lwcus unwaith, roedd hynny'n wir – mor hapus a dedwydd, doedden nhw ddim hyd yn oed wedi sylweddoli mor braf oedd bywyd. Ond yna, daeth y tân ofnadwy ac ers hynny, go brin fod eu calonnau wedi cael cyfle i godi o gwbl. Yn wir, dim ond suddo'n is ac yn is wnaethon nhw, wrth gael eu symud o gartref i gartref, ac o warchodwr i warchodwr, gyda dim ond diflastod a drygioni'n eu dilyn i bobman. Anodd iawn i'r tri oedd edrych ar eu bywydau fel rhai lwcus.

"Lwcus ym mha ffordd?" gofynnodd Klaus yn dawel.

"Wel, gadewch imi feddwl," pendronodd Phil. Yn y cefndir, gallai'r plant glywed Mr Poe'n disgrifio Iarll Olaf i rywun ar y ffôn. "'Dach chi'n fyw," meddai o'r diwedd. "Mae hynny'n ffodus iawn. A dwi'n siŵr y gallwn ni feddwl am bethau eraill."

Edrychodd y Baudelairiaid ar Charles a Phil, yr unig ddau i ddangos unrhyw garedigrwydd tuag atynt yn Nhre-bitw. Er na fydden nhw'n gweld eisiau'r ystafell gysgu, y caserols erchyll a gaent i swper bob nos, na'r gwaith caled oedd yn eu disgwyl bob dydd yn y felin, fe fydden nhw'n gweld eisiau'r ddau hyn. Ac wrth iddyn nhw ddechrau meddwl am y bobl roedden nhw'n mynd i weld eu heisiau, fe sylweddolon nhw cymaint y bydden nhw'n gweld eisiau ei gilydd petai rhywbeth yn digwydd i un ohonynt.

Beth petai Sunny wedi colli'r ymladdfa gyda'r cleddyf? Beth petai Klaus wedi aros dan hypnosis am byth? Beth petai Violet wedi syrthio ar draws y llif yn lle Dr Orwell? Wrth weld llafn yr haul yn trywanu drwy'r ffenestr a chwalwyd, aeth ias drwy'r tri wrth feddwl am hyn. Doedden nhw erioed wedi ystyried o'r blaen fod y ffaith eu bod yn fyw ynddo'i hun yn beth lwcus, ond wrth edrych yn ôl dros eu hamser dan ofal Syr, rhyfeddai'r plant o feddwl mor aml y bu lwc o'u plaid.

"Fe *fuon* ni'n ffodus dy fod ti, Klaus, wedi creu dyfais mor sydyn," meddai Violet, "er nad dyfeisio pethe yw dy ddiléit go iawn."

"Ac ro'n i'n lwcus *iawn* ohonot ti, Violet, pan wnest ti lwyddo i ddatrys sut i'n nadhypnoteiddio i fel'na," meddai Klaus, "er nad ymchwilio i bethau yw dy ddiléit di."

"Min-min," ychwanegodd Sunny, a oedd mwy na

thebyg yn golygu "A dyna ffodus fuoch chi o 'nghael i i'ch amddiffyn rhag cleddyf miniog Dr Orwell, er 'mod i'n dweud hynny fy hun".

Ochneidiodd y plant gan wenu'n obeithiol ar ei gilydd. Doedd dim amheuaeth na fyddai Iarll Olaf, a oedd nawr â'i draed yn rhydd unwaith eto, yn gwneud ei orau glas i ddwyn eu ffortiwn oddi arnynt eto. Ond o leia, doedd e ddim wedi llwyddo'r tro hwn. Y tro hwn, roedd lwc wedi bod o'u plaid, er y gwyddai'r tri mai afresymol oedd credu mai felly y byddai hi bob tro.

Cafodd Lemony Snicket ei fagu ger y môr ac ar hyn o bryd mae'n byw oddi tano. Er mawr arswyd a syndod iddo, nid oes ganddo wraig na phlant, dim ond gelynion, cydymdeithion ac ambell was ffyddlon achlysurol. Gohiriwyd yr achos yn ei erbyn ac felly mae'n rhydd i barhau i ymchwilio i ac ysgrifennu am hanes trist yr amddifaid Baudelaire i Wasg y Dref Wen.

Ganed BRETT HELQUIST yn Ganado, Arizona, a chafodd ei fagu yn Orem, Utah. Efrog Newydd yw ei gartref erbyn hyn. Ers iddo raddio mewn celfyddyd gain o Brifysgol Brigham Young, bu'n darlunio llyfrau. Ymddangosodd ei waith mewn cylchgronau fel *Cricket* a'r *New York Times*.

I'm Golygydd Caredig,

Maddau imi fod cyrion y nodyn hwn mor ddarniog. Ysgrifennaf atat o'r caban y gorfodwyd y Baudelairiaid i fyw ynddo tra yn Ysgol Breswyl Prwffrog, ac rwy'n ofni i rai o'r crancod geisio dwyn y papur o'm gafael.

Nos Sul, pryna docyn ar gyfer sedd 10-J ym mherfformiad y Cwmni Opera Anwadal o Faute de Mieux. Yn ystod y Bumed Act, cymer gyllell finiog i rwygo clustog dy sedd ar agor. Yno, fe ddylet ddod o hyd i'm disgrifiad o'r hanner tymor diflas a dreuliodd y plant mewn ysgol breswyl, o dan y teitl YR YSGOL Anghynnes yn ogystal â hambwrdd o'r gegin, rhai o'r styfflau a wnaed â llaw gan y Baudelairiaid a'r tlws (diwerth) o dyrban Genghis yr Hyfforddwr. Bydd yno hefyd negydd ffotograff o'r ddau Dripled Dwfngorsiaid, y gall Mr Helquist ei ddatblygu i'w helpu gyda'i luniau.

Cofia mai ti yw fy ngobaith olaf o allu dwyn hanes yr amddifaid Baudelaire i sylw'r cyhoedd.

Gyda phob dyledus barch,

Lemony Snicket